KB119046

서울, 카타콤

서울,
이봄 장편소설
LOTTE
카타콤
위즈덤하우스

차례

침전

1

문명은 죽음 위에, 도시는 무덤 위에.

불금의 강남 한복판은 휘황찬란했다. 사람들이 바글대고, 학교와 술집과 학원과 맛집과 대저택과 모텔과 대기업과 원룸과 아파트가 모두 빼곡히 들어서 조화를 이루었다. 소주 냄새 풍기는 음식점 사이사이 약속 장소로 가는 사람들, 세계 종말을 예언하는 표지판을 든 노인, 둘씩 짝지어 길을 묻는 척 행인을 붙잡는 '도를 아십니까'의 발 아래에는 광고지와 유흥업소 전단지가 어수선하게 뿌려져 있었다. 드문드문 저번 주 불금에 누군가 토해놓은 자국이 말라비틀어져 희미한 흔적으로 남아 있었다.

건물 사이, 냄새나는 쓰레기 더미 뒤로 얼핏 보이는 어두컴컴한 구멍에는 아무도 관심 없었다. 번쩍이는 네온사인 바로 옆 더럽고 어두운 구석, 모두가 신경 쓰지 않고 지나치는 구멍.

아무도 내가 그 사이로 조용히 들어가는 걸 몰랐다. 마치 음식물 쓰레기 더미 사이로 쥐가 도망가는 모양새였다. 만나야 하는 사람과 가야 할 곳에 집중하느라, 웬 여자가 다리를 절며 어둠 속으로 빨려 들어가는 것을 사람들은 거들떠보지 않았다.

아무도 나를 찾을 수 없는 곳으로 가자.

저 아래로.

벽을 짚은 손에서부터 얼음을 만지는 것 같은 한기가 머리끝까지 타고 올라왔다. 잿빛 돌벽을 더듬거리며 한참을 내려가자 반듯반듯한 계단이 있었다. 축축하고 텅 빈 터널 너머로 희미하게 강남역 지하상가의 떠들썩함과 바쁜 발소리가 들렸다. 조금 더 내려가자 쿠콰콰쾅 하고 지하철 소리가 울려 퍼지며 퍼석퍼석한 가루가 머리 위로 쏟아졌다. 아래로, 더 아래로 내려갈수록 벽에 쓰여 있는 난잡한 낙서는 줄어들었고, 바깥 소리는 진동으로 느껴졌다. 계단은 더욱더 들쑥날쑥해져 형태를 잃어갔다.

발을 헛디뎌 한 바퀴 구르고 넘어지면서 계단의 끝에 도착했다. 온몸이 욱신거렸다. 방금 넘어진 탓인지, 원래부터 아팠는지 분간이 되지 않았다. 뒤를 돌아보니 건물 입구의 불빛이 새까만 밤하늘에 박힌 작은 별처럼 멀리서 반짝이고 있었고, 손을 더듬으니 바닥에 고인 물이 찰박거렸다. 네모반듯한 통로는 거대한 지하 미궁 같았다. 빙글빙글 돌다가 같은 곳을 몇 번이나 지나치기도 했다. 서울 전체를 지하로 뒤집어놓은 듯 커다란 공간은 끝없이 복잡하게 펼쳐져 있었다.

지하철 연결 통로,《반지의 제왕》에 나온 난쟁이들의 지하 왕국만큼이나 거대한 광장, 쓰레기가 산더미처럼 쌓인 구역, 아주 오래전에 사용한 것 같은 나무 책상과 의자 몇 개가 널브러진 공간도 있었다. 자물쇠로 채워진 철문이나 벽이 완전히 무너진 곳도 있었다. 작은 칠판과 지도가 놓인 벙커와 불을 지핀 흔적도 봤다.

시신도 마주쳤다. 백골은 물론이고 반쯤 썩어가는 시신도 있었다. 처음에는 발에 걸린 물컹한 무더기를 자세히 들여다봤다가 기겁했다. 하지만 사람은 적응의 동물이라고, 열 구 뒤로는 세지도 않고 그냥 지나쳤다. 어차피 나도 곧 저렇게 될 것 같은데 굳이 놀랄 필요가 있을까.

안 아프게 빨리 갔으면 좋겠다.

얼마나 걸리려나.

최소한 여기 있으면 누가 내 시신을 치워줘야 한다거나, 나 때문에 집값 떨어지는 일은 없겠지.

식당에서 같이 일하던 주방장 아주머니가 지하에 땅굴이 있다느니, 비상금을 집 근처 터널 입구에 숨긴다느니 했을 때는 턱없는 거짓말이라 생각했다. 공동묘지를 밀고 세워진 초등학교에서 귀신이 나온다는 소리처럼 흔한 괴담인 줄 알았다.

일이 끝나고 녹초가 되어 눈앞이 어질어질한 나머지, 불 꺼진 건물 입구인 듯한 곳에 주저앉은 적이 있었다. 어지럼증이 가시길 기다렸다가 정신을 차리고 보니 그곳은 제대로 된 건물도, 문이 달린 출입구도 아니었고, 안으로 끝없이 이어지는 계단만이 눈에 들어왔다.

그 뒤로 참을 수 없이 고단한 날에는 조용한 계단 위에 쪼그리고 앉아 쉬었다가 힘겹게 발걸음을 떼어 돌아가곤 했다.

지하는 건강한 곳도 아니었고, 밝은 곳도 아니었다. 지상의 보편적인 기준으로는 여간 불편한 게 아니었지만, 그렇다고 못 살 것도 없었다. 지하철 소리가 들려오는 곳으로 따라가면 어디선가 희미한 불빛이 새어나왔다. 촛불이 나란히 놓여 길을 희미하게 밝혀주는 복도도 있었고, 건전지로 작동하는 크리스마스 전구가 잔뜩 달린 줄을 걸어놓은 방도 있었다.

포장이 뜯기지 않은 음식도 꽤 있었다. 터널 구석구석 떠밀려온 쓰레기 더미에서 심심치 않게 멀쩡한 생수병이나 음료수 캔이 발견되었다.

더미에는 지상에서 내려온 온갖 것들이 널려 있었다.

2

술 취해 비틀거리며 돌아다니는 사람들을 봤다. 금방 인기척을 느끼고 숨어서 가까이 마주한 적은 없었지만. 뭔가 무거운 걸 질질 끌고 가는 남자도 있었다. 한번은 지하철 소리가 미세하게 들릴 만큼 지상과 가까운 곳에서 드럼통에 불을 지피고 빙 둘러앉아 술을 마시는 무리를 보았다. 교복을 입은 걸 보니 고등학생 같았다. 벽에 낙서를 끄적거리고 두런두런 얘기를 나누다가 철 사다리를 타고 위로 다시 올라갔다. 사다리를 타는 것이 익숙해 보였다.

지하철과 연결된 공간에는 항상 사람이 많았고, 소음이 가득했다. 지상 통로로 왔다 갔다 하는 사람들은 서로 고래고래 욕을 하며 싸우기도 했다. 시끄러운 소리가 통로에 울려 퍼졌다.

깊이 내려갈수록 사람과 마주치는 빈도가 낮아졌다.

더 아래로 내려갔다.

목소리를 뒤로하고, 더 조용하고 조용한 곳으로.

고등학생 무리가 다니는 곳으로부터 한참 벗어나자 무너진 벽에서 철근과 돌덩이가 위협적으로 삐죽삐죽 튀어나온 넓은 광장이 펼쳐졌다. 반대쪽 벽면에는 3층 높이쯤 돼 보이는 잔해가 쌓여 작은 산 같았다. 잿빛 돌덩이와 시멘트 바닥 위로 셀 수 없이 많은 흙더미가 가지런히 열 맞춰져 있었다. 위에서 쾅쾅 소리가 울리는 것을 보니 지하철과 꽤 가까운 듯했다. 벽에 아슬아슬하게 붙어 있는 녹슨 사다리를 타고 광장 한가운데로 내려갔다.

흙더미를 자세히 살펴보니, 크기도 생김새도 꼭 작은 무덤 같았다. 광장 벽 여기저기 뚫린 큰 구멍 속에 두꺼운 천과 이불로 돌돌 말린 뭔가가 테이프나 노끈으로 포장된 채 채워져 있었다. 이 많은 흙이 다 어디서 왔는지, 누가 무슨 이유로 이렇게 나란히 줄 세우고 물건을 쌓아두었는지 의아했다. 누군가가 오랜 시간 인위적으로 만들어놓은 것 같아 불안해졌다. 두리번거리며 흙더미 사이를 조심스레 지나 맞은편의 어둡고 작은 입구로 들어갔다. 구불구불한 내리막길이 길게 이어져 있었다.

그 끝에서 거대한 저수지를 마주했다. 광장보다도 훨씬 컸다. 축구 경기장만 한 공간에는 차갑고 새까만 물이 찰랑찰랑거렸고, 거대한 콘크리트 기둥이 나란히 세워져 끝없이 뻗은 높은 층고를 지탱하고 있었다. 까만 물을 가만히 들여다보니 이상하게 뛰어들고 싶다는 충동이 들었다.

가파른 잿빛 벽돌 계단이 저수지 아래로 연결되었다. 조심히 내려가서 저수지 벽을 따라 한 바퀴 빙 돌았다. 맞은편 구석에 더 아래로 내려가는 구멍이 보였다. 다른 통로처럼 네모반듯하거나 정돈되지 않고, 맨땅에 파인 구멍이었다.

미끄럼틀 타듯 굴러 내려왔다. 위의 터널 구역과는 달리 따뜻하고 푹신한 흙이었다. 흙먼지를 털어내며 고개를 드니 다섯 평 남짓 아담하고 동그란 공간이 보였다. 흙벽 틈으로 저수지의 물이 졸졸 흘러내려 작은 샘이 만들어졌다. 지나온 광장의 흙더미들은 여기서 옮겨진 것 같았다.

샘 주변에는 소주병이며 플라스틱, 온갖 쓰레기가 여기저기 널브러져 있었다. 꽤 넓은 통로가 다섯 개나 연결되어 있었고, 각자 제멋대로의 방향으로 뻗어 있었다. 고민하다 샘에서 가장 가까운 구멍으로 쏙 들어갔다.

길은 개미굴처럼 불규칙하게 구불구불 펼쳐져 있었다. 기어가야 할 만큼 좁은 통로도 있었고, 차 한 대는 거뜬히 지나갈 만큼 넓은 곳도 있었다. 통로 여기저기 움푹하게 파여 마치 방처럼 아늑한 공간도 있었다. 악취도, 추위도 덜했다. 손으로 벽을 쓸자 부드럽게 손자국이 났다. 소리도 흙이 먹어버리는 것 같았다.

샘을 지나 막다른 길에 다다랐다. 길은 위로 나 있었다. 가파른 벽 위에 인공적으로 세운 듯한 아치형 문틀이 있었다. 문틀 너머로 서늘한 회색 터널이 보였다.

나는 그 아치형 문틀 바로 아래 자리 잡았다. 통째로 떠내려온 헌 옷 수거함에서 주운 이불과 낡은 패딩 몇 개를 이어 벽 전체에 붙였다. 빽빽이까지 찾아내 덧댔다. 두툼하고 따뜻한 누더기는 터널에서 내려오는 한기를 막아주었다.

내 안락하고 작은 무덤.

지상의 복작대는 소음과 불빛 대신, 정적과 어둠이 차분히 스며들었다. 정체된 지하의 공기는 물에 풀어놓은 물감처럼 서서히 체온을 낮추고, 시야를 어둡게 하고, 맥박을 늦추고, 숨결을 부드럽게 걸러줬다.

치열하지도 않고, 복잡하지도 않은, 죽음과도 같은 시간. 강바닥으로 끝없이 가라앉아 조용히 자리 잡은 침전물처럼 그저 존재할 뿐이었다. 평화로웠다.

3

어르신과 처음 샘에서 마주쳤을 때, 헝클어진 긴 머리를 치렁치렁 늘어뜨린 나를 보고서 죽을 때가 되었나, 귀신을 보네, 하고 놀랐다고 했다.

놀라기는 내가 더 놀랐다.

"으아아아아아끄아악!"

오랜만에 목소리를 내서 그런지 갈라진 비명이 나왔다.

"허이구, 목청 봐라."

심드렁했던 어르신과는 달리, 개미굴에 혼자 있다고 생각한 나는 정말 귀신처럼 날카로운 비명을 꽥 질렀었다. 온몸에서 피가 빠져나가는 듯했다.

어르신은 털썩 주저앉은 나를 한참 무심히 쳐다보더니, 손에 든 바가지를 보란 듯이 휘저으며 샘물을 한가득 담았다. 그러고는 내가 나왔던 통로 바로 옆에 있는 구멍으로 들어가 사라졌다.

처음에는 도망가야 하나, 생각했다. 사라지려고 온 곳에서 다른 사람을 만난다는 것은 상상도 할 수 없는 일이었다. 하지만 딱히 갈 데도 없었다. 조심조심 돌아다녔지만, 결국 샘 근처에서 어르신과 몇 번 마주쳤다. 어르신은 내가 피하는 것을 알았는지, 어쩌다 만나도 공기인 듯 무시했다. 아무것도 묻지 않고, 오래전부터 지하에 살았던 것처럼 자연스레 대했다. 무관심이 지하의 상도덕인 건지, 항상 덤덤한 표정이었다. 지나치다가 종종 쓰레기 더미에서 마주치면 까딱 인사를 하는 게 익숙해진 뒤 가끔 어르신 방으로 놀러 가기 시작했다.

그렇게 되기까지 아주, 아주 오래 걸렸다.

내 방을 반쯤 이불로 뒤덮어놓고, 근처의 터널 지리가 익숙해지고, 머리카락이 한 뼘은 더 자랄 때까지.

"그럼 너는 뭐 사람 아니고?"

어르신이 낮고 허스키한 목소리로 핀잔을 줬다.

"여기 이래 통로도 많고 큰데, 너 혼자 있다고 생각했어?"

"그럼 이거 어르신께서 다 만드신 거예요?"

"뭔, 옘병. 이 늙은이가 이걸 어떻게 다 파. 나 내려올 때부터 이렇게 되어 있었어. 사는 데만 조금 손봤지."

그도 그럴 것이, 터널은 많은 인력이 오랫동안 공사를 해야 지을 수 있는 거대한 규모의 미로였고, 구역마다 크기가 제각각이었다. 개미굴은 동선이 겹치거나 뱅글뱅글 도는 데가 많은 걸 보면 여러 사람이 따로 만들었다가 우연히 합쳐진 것 같기도 했다.

"그럼 언제부터 계셨어요?"

"글쎄. 젊었을 때 내려왔어. 20댄가, 한 너만 할 때쯤? 더 어릴 때?"

"지금 연세가……?"

"안 세봤다."

어떻게 그렇게 오래 지하에서 살아남았을까? 어르신은 족히 여든이 넘어 보였다. 뾰족한 역삼각형 얼굴에 가득한 주름은 지하에 난 길만큼이나 깊고 자글자글하게 패어 있었고, 내려앉은 눈꺼풀 사이로 콩알같이 박힌 눈은 지하에 오래 있어 그런지 퀭했다. 어르신은 지하의 흙 같은 사람이었다.

어르신은 샘에서부터 뻗어나가는 통로 중 내 방으로 가는 통로 바로 오른쪽 길에 자리 잡고 있었는데, 방을 직접 팠다고 했다. 내 방보다 몇 배나 컸고, 수십 년 동안 꾸준히 보수해서 그런지 정돈된 느낌이 있었다. 더러운 옷가지는 가지런히 접어두었고, 두꺼운 이불과 구멍 났지만 푹신해 보이는 담요도 돌돌 말려 있었다. 제일 안쪽에 놓인 작은 밥상 위에는 건전지를 넣으면 멀쩡하게 쓸 수 있고 붉게 빛까지 나는 휴대용 난로와 배터리, 과도, 뜯지 않은 편의점 냉동식품 등이 있었다.

천장에 구멍을 숭숭 내어 터널에서부터 어스름한 빛이 들도록 해놨는데, 덕분에 눈이 좋지 않은 어르신에게 신문 기사나 책을 읽어주기 편했다. 어르신은 지상 일이든 지하 일이든 딱히 신경 쓰지 않았다. 나보다도 더. 그래도 시간 때우기는 좋았는지, 내가 신문을 읽으면 눈을 감고 가만히 듣곤 했다. 나도 그런 시간이 좋았다. 혼자 있는 듯 혼자가 아닌 시간 동안, 적막 속에서 내 목소리가 조용조용 흘러 나와 어르신의 귀를 스치고 흙 속으로 흡수되었다.

어르신 방에서 가장 큰 자리를 차지하는 것은 녹슬고 작은 손수레와 그 안의 묵직한 삽이었다. 어느 날 샘에서 멍하니 물통에 물이 채워지는 것을 바라보는데, 어르신이 삐걱삐걱 소리를 내며 손수레를 끌고 다가왔다. 터널로 손수레를 밀어 올리려 끙끙대는 어르신을 얼떨결에 도왔다.

"어디 가세요?"

어르신이 끙, 소리를 내며 허리를 부여잡더니 대충 손짓으로 저 멀리를 가리켰다. 둘이 함께 손수레를 끌고 천천히 자리를 옮겼다.

꽤 길었던 오르막길 끝에는 시체 한 구가 있었다. 어르신은 망설임 없이 손을 뻗어 시체를 손수레 위로 끌어올리더니 천천히 걸어 광장으로 갔다.

처음 생각했던 것이 맞았다. 흙더미와 벽에 나란히 안치된 것들은 전부 무덤이었다.

"여기보다 위에 가면 더 많은데, 거기까지는 내가 어쩔 수 없고."

어르신이 구부정하니 아파 보이는 허리를 가리키며 말했다.

"내 손이 닿는 데까지 내려와서 죽은 사람만 해주고 있다. 돌아다니다 가끔씩, 보이는 놈들만 대충."

어르신은 손수레의 시체를 조심히 옮겨 다른 흙더미 옆에 내려놓았다. 비쩍 마른 팔이 떨려오고, 숨소리가 거칠었다. 말로는 대충이라고 했지만 팔다리를 가지런히 뉘어 놓는 행동 하나하나가 익숙했다. 도와드릴까 하고 손을 뻗다가, 차마 시체에 손을 대지 못하고 가만히 지켜만 봤다.

"여기 전부 어르신이 하신 거예요?"

"다는 아니고. 저기 벽에 처박힌 몇은 나 오기 전부터 있었어. 그거 보고 그냥 계속한 거야."

"왜요?"

"그럼 뭐, 널브러져 있게 놔둬?"

어르신이 툴툴대며 시체를 마저 반듯하게 놓고, 한숨을 쉬고서 털썩 주저앉았다.

"힘들어 보여서요."

"남아도는 게 시간인데, 뭐. 천천히 하면 돼."

아무리 그래도 이건 너무 많았다. 얼핏 봐도 백 구는 넘어 보였다. 놀라서 멍하니 줄 세워진 무덤을 빤히 바라보자 어르신이 한마디 덧붙였다.

"너, 저 위 지상에서 실종자가 일 년에 몇이나 나오는지 알아?"

내가 고개를 저었다.

"많아. 너무 많아. 아무도 이름을 안 불러줘, 묻어주지도 않아, 찾지도 않아. 여기 아래에서라도 좀 챙겨주면 어디 덧나냐. 너도 심심하면 도와서 가끔 해. 이 사람도 나중에 천 쪼가리 찾아서 감싸주고 흙 파와서 덮어줘야 하는데, 네가 도와주면 열 번 왔다 갔다 할 거 대여섯 번으로는 줄겠다."

어르신이 피식 웃으면서 말했다.

"거기 흙 판 거 옮겨서 무덤 만들다가 너 지금 사는 방도 만들어진 거야. 고마운 줄 알아."

그제야 시신을 쳐다볼 수 있었다. 처음 지하에 내려올 때 지상 근처에 있던 부패된 시신과는 달리 어르신이 빨리 수습한 덕분에 상대적으로 멀쩡했다. 많이 마르고 수염이 삐죽빼죽하게 자란, 40대쯤 되어 보이는 남자였다. 어디서 맞았는지 눈과 팔에는 멍이 새파랗게 들어 있었다.

"카타콤이라고 들어봤어?"

생소한 단어에 고개를 저었다.

"'무덤 사이에'라는 뜻이다. 저기 서양에서 이런 곳을 부르는 말이다. 도시 아래 지하. 사람이 죽어 묻히는 곳을."

"이런 곳이 더 있어요?"

"큰 도시 아래는 항상 지하 공간이 있어. 박해를 피해 숨어들거나 성직자를 몰래 묻기도 했다고 하고, 저기 어디서는 도시에 넘치는 시신을 처리한답시고 유골을 모아서 그냥 한꺼번에 와르르 쏟아넣기도 했다던데. 전쟁 때는 쫓기던 군인들이 숨어들기도 하고. 발견될 때쯤엔 이미 누가 만든 건지도 모르는 땅굴이 도시 전체에 퍼져 있고 그래."

"신기하네요."

"워낙 미로 같으니까 실종도 많고, 뭐, 귀신이 산다, 지옥으로 통하는 문이 있다, 이딴 소문이 돌기도 한다더라."

"어떻게 그렇게 잘 아세요?"

"나름 공부 잘하는 유학파였어. 그 시절에."

어르신이 피식 웃으며 설명하다가, 시신이 두른 목도리를 풀어 내게 휙 던져줬다. 얼떨결에 목도리를 손에 쥐고는 눈만 깜빡이며 어르신을 쳐다봤다.

"걱정 마. 깨끗해."

"알아요."

"근데 왜?"

"가져도 돼요?"

"묫자리 값이라고 쳐."

"묫자리……."

"왜, 나름 좋지 않냐? 배산임수. 저어기, 산."

어르신이 손가락으로 높이 쌓인 돌무더기를 가리켰다.

"그리고 저어 아래, 물."

이번에는 반대쪽 벽의 입구 너머 저수지 쪽으로 고개를 까딱였다.

"명당도 이런 명당이 어딨냐."

그 뒤로도 남자의 시신을 천으로 동여매고 위를 덮을 흙을 파 무덤을 만드느라 몇 번 더 어르신과 광장을 왔다 갔다 했다. 어르신은 내가 비실댄다고 투덜거렸지만, 어르신 사정도 마찬가지였다. 한 번 흙을 파고 손수레로 옮기고 나면 둘 다 기진맥진해서 한참 뒤에나 두 번째 작업을 할 수 있었다. 하지만 어르신 말대로 남는 것은 시간이어서, 천천히 서두를 것 없이 조금씩 하다 보니 어느새 그 남자의 무덤도 완성되었다.

그렇게 어르신과 친해질 즈음 샘 근처에서 다른 사람들도 몇몇 보았다. 빛바랜 초록색 새마을운동 모자를 쓴 할아버지와 얼굴이며 팔이 화상 흉터로 가득한 남자가 같이 있었다. 남자는 이미 물통에 물을 가득 채운 뒤였고, 할아버지는 물 담는 것을 옆에서 기다리고 있었다. 남자는 내가 새파랗게 질려 멈춰 서자, 우물쭈물하면서 할아버지와 나를 번갈아 보더니 통로 쪽으로 천천히 나갔다. 그러고는 나에게만 보이지 않도록 샘 입구에 걸터앉아 할아버지를 기다렸다.

머리를 반쯤 벗기고 얼굴 전체를 일그러트린 짙은 색의 흉터는 목을 타고 내려와 팔과 손끝까지 뒤덮고 있었는데, 온몸이 그런 것 같았다. 큰 키와 두꺼운 뼈대 덕에 말랐는데도 지하를 꽉 채우는 것 같았다. 커다란 발을 엉거주춤 들고 살금살금 걸어 나가는 게 곰이 까치발을 들고 뒤뚱거리는 것처럼 보였다.

남자가 시야에서 사라지고도 한참이나 심장이 귀 옆에서 뛰는 것처럼 세게 쿵쾅대며 머리를 울렸다.

모자 쓴 할아버지는 우물쭈물하는 날 힐끔 보더니 구부정한 허리를 펴고서는 고개를 까딱했다.

"거 조금만 기다리쇼."

어버버 입만 뻥긋하다가 네, 대답했다. 그 뒤로 한참이나 조용했다. 페트병에 차오르는 물소리만 들렸다.

어느 정도 물이 차오르자 할아버지는 끙차 하면서 물통을 들고 일어섰는데, 나처럼 다리를 절었다. 나와는 반대인 오른발이었다.

무거운 물통을 들고 어기적어기적 걸어가는 할아버지를 두껍고 흉터투성이인 손이 붙잡았다. 남자는 할아버지를 부축해 사라졌다. 터벅거리는 소리가 엇박자로 멀어져 갔다.

네 번째로 마주쳤을 때에야 그 할아버지에게 고개 숙여 인사했다. 할아버지는 긴 소매 아래의 손이 꿈지럭대는 것을 힐끗 보고는 허허 웃더니 그래, 만나서 반갑다, 하고 인사를 건넸다.

통에 물이 차는 소리를 들으며 멀찍이 떨어져 앉아서 기다렸다.

"어…… 먼저 하실래요?"

내 물음에 할아버지가 손사래 쳤다.

다시 정적이 돌았다.

할아버지가 헛기침하더니 말을 이었다.

"그 덩치 큰 놈, 생긴 게 그래서 그렇지 애가 순하니 너무 놀라지 마라. 착한 녀석이야."

"아…… 그래서 놀란 게 아니라…… 사람을 제가 여기서 많이 못 봐서요……. 그냥 계셔서 놀랐어요."

변명하듯 말했다.

할아버지는 머리를 긁적였다.

"음, 그래, 뭐……."

다시 침묵이 이어졌다. 투명한 물이 통의 목 부근까지 찰랑찰랑 차올랐다.

"그런데 그 물 깨끗한가 봐요."

왠지 모를 미안한 마음에 어색한 침묵을 일부러 깨봤다.

"그래, 몇십 년 마셨는데 안 죽은 거 보니."

"아."

"나 젊었을 때는 다들 마을에서 그냥 우물 파서 마셨어. 지하수가 더러우면 얼마나 더럽다고. 멀쩡하다."

내가 뚜껑을 끼워 맞추고 끙, 하면서 무거운 물통을 두 팔로 감아 안고는 일어났다. 한쪽으로 기우뚱하다가 중심을 잡은 뒤, 쭈그려 앉아 있는 할아버지에게 꾸벅 인사를 했다.

할아버지는 웃어 보이더니 손을 휘휘 저었다.

"걱정할 필요 없어. 미친놈들이 돌아다녔으면 우리는 진즉에 다 뒤졌지."

운 좋게 새 냉동 햄버거를 두 봉지나 찾은 날, 남은 햄버거 하나를 들고 어르신의 굴로 갔다. 모자 쓴 할아버지가 했던 말을 전해줬더니, 별 놀랄 것 없다는 듯 혀를 끌끌 찼다. 이미 두 사람 다 잘 아는 것 같았다.

"그 덩치 큰 놈, 나도 아는 놈이다. 몇 번 나 흙 나르는 것도 도와주고 했어. 걱정 말아."

"그래도요……."

"나쁜 놈들은 지하에 눌어붙질 못 해. 몇 년 동안 자리 잡은 인간들은 걱정 안 해도 돼. 걱정해야 할 건 위에서 깔짝깔짝 돌아다니는 것들이지."

"네?"

"생각해봐라. 살인자든 뭐든 다른 이들 등쳐 먹고 잡아 먹어야 하는데, 여기는 죽일 사람도 거의 없어, 뺏을 돈도 없어, 뭐가 좋다고 기어 내려오겠냐. 나쁜 놈들도 괴롭히고 짓밟을 상대가 있어야지. 여기는 인생 손절은 했는데 그냥 아직 몸만 죽지는 않은 거라고. 그러니 걱정 안 해도 돼. 특히 개미굴까지 내려왔을 땐 사람 피하려고 왔다는 거니까."

"개미굴이요?"

"여기 흙 있는데 말이다. 그 위에 터널 쪽 말고."

"아."

어르신이 턱을 긁으며 설명했다.

"의외예요. 저는 범죄자 같은 사람들이 여기 숨어들 거라고 생각했는데……."

"그럼, 너는 그러냐?"

어르신이 껄껄대며 물어보는 말에 아무 대답을 못 했다.

"터널 갈 때나 조심해라. 거기는 지상이랑 왔다 갔다 하는 사람들도 종종 있으니까. 잠깐 내려와서 숨기도 하고. 그런 놈들 중에 미친놈들이 많아."

"우리는 그냥 바쁘게 흘러가는 세상에 치여서 숭숭 떨어지다 가라앉은 거다. 윗물에서 조용히 사라진, 바닥에 깔린 모래랑 흙 같은 찌꺼기, 그래, 그런 거."

어르신은 햄버거를 챙겨줘서 고맙다며 참치 캔 하나를 건넸다.

처음에 있던 고등학생 무리가 사라지고, 그 근방에 새로운 고등학생 대여섯 명이 모이기 시작했다. 신기하게도 내려오는 학생들은 듬성듬성 끊이지 않았고, 터널 깊숙이 내려오지도 않았다.

새로운 무리 중 가장 키가 작은 여학생이 낯선 남자 둘과 대화하는 모습을 종종 보았다. 둘 다 눈부신 빛을 내는 손전등을 들고 있었다. 독특한 사람들이었다. 지하에 손전등이라니.

나와 비슷한 키에 머리가 반쯤 벗겨지고 안경을 쓴 남자와, 그보다 머리 하나는 더 크고 희끗희끗한 머리칼을 한쪽으로 잘 빗어 넘긴 남자였다. 그는 항상 안경 쓴 남자 한 발짝 뒤에서 무언가를 중얼거렸다.

둘 다 커다란 등산용 백팩을 지고 있었는데 얼핏 봐도

가득 차 있었다. 옷은 구멍이 숭숭 뚫리고 해졌지만, 사이즈가 꼭 맞고 색도 나름 맞춰서 입었는지 제각각이지 않고 깔끔했다.

두 남자는 여학생을 통해 무리의 다른 친구에게도 접근하려는 것처럼 보였다. 종종 고개를 끄덕이며 수첩에 끄적끄적 필기하더니, 어느 날에는 친구들 무리에 가까이 다가가 말을 섞으려고 했다. 어느 정도 시간이 지나자 그중에 몇이 몽둥이를 휘두르며 욕을 했다. 그 뒤로는 학생들 무리와 같이 다니지 않았다.

나는 멀리 산책 나갈 때 사람들과 만나지 않도록 각별히 더 조심스럽게 다녔다.

“……대형 싱크홀 발생에 대한 대책을 강구하는 것이 시급하다.”

어르신께 신문의 온전한 부분을 낭독해줬다. ‘시’ 뒤의 단어는 잘렸지만, 그 정도의 문장은 추측할 수 있었다.

"그리고?"

"그게 끝이에요."

"그러냐."

우리는 가만히 굴 천장의 희미한 터널 빛이 겨울 바다의 파도처럼 울렁거리는 것을 봤다. 물이 가득 찬 수조 바닥에서 위를 바라보는 것 같기도 했다.

시간 개념 없이 한참을 바라보다가, 문득 줄곧 궁금했던 질문을 했다.

"어르신."

"오냐."

"왜 신문 읽는 것을 좋아하세요?"

"내가 읽는 게 아니라 네가 읽어주잖아."

"아무튼요."

"할 것도 없는데, 위에 뭔 일이 일어나는지 가끔 듣는 것도 나쁘지는 않잖냐."

"이제 우리랑 상관없지 않아요?"

"글쎄."

아리송한 대답이 돌아왔다.

“위가 개판이면 아래로 흘러드는 찌꺼기도 많지 않겠냐.”

다시 조용해졌고, 빛의 파도만 넘실댔다.

“어르신.”

“오냐.”

“싱크홀이 생겨서 여기까지 뚫리면, 우리 여기 사는 거 들킬까요?”

“여기까지는 안 닿을걸.”

생기든 안 생기든, 여기 있는 것이 ‘들킨다’는 표현을 쓸 만큼 범죄인가 싶다.

이번에는 잘못한 것이 없기를.

아무것도 선택할 수 없어 유일하게 남은 길로 기어온 것을 나쁘다고 하지 않기를.

유난히 읽을 만한 신문을 찾기가 어려운 날이었다. 평소보다 멀리, 고등학생들이 모이던 곳 근처까지 나갔다. 길고 어두컴컴한 길을 따라 휘적휘적 걸었다. 울퉁불퉁하지만 서로 잘 맞물려 있는 잿빛 돌벽. 보들보들한 수면 양말과 너덜너덜한 운동화 사이로 느껴지는 찬 기운. 심심한 나머지 하아, 하면서 공중에 금세 흩어지는 안개를 만들었다. 그때 고요를 깨며 첨벙, 구정물 밟는 소리가 들렸다.

순간 지하에서는 볼 수 없는 눈부신 빛이 얼굴을 강타했다.

그 남자들이었다.

남자들도 귀신이라도 본 것처럼 식겁하여 소리를 질렀다. 나는 뒷걸음질치다가 풀썩 넘어졌다.

"아이고, 죄송합니다. 놀라셨나 봐요."

목소리가 터널 벽에 부딪혀 울리는 게 낯설었다. 안경 쓴 남자가 당황한 목소리로 다가오길래 황급히 일어나려 했지만, 절뚝거리는 다리가 말을 듣지 않았다. 손전등 빛을 정통으로 맞아 앞도 잘 보이지 않았다.

다행히도 남자들은 내가 거의 기다시피 도망가자 따라오지는 않았다. 손전등 빛이 날카로운 칼처럼 터널 구역의 어둠을 갈랐다. 멀어져 가는 내 뒷모습을 손전등으로 비추며 수군대는 소리가 들렸다.

혹시나 남자들이 따라올까 싶어, 미로 같은 터널을 빙빙 돌아 반쯤 무너져 내린 큰 광장까지 일부러 들렀다. 감옥 같이 빈방이 쭉 늘어선 구역을 찍고 나서야 내 토굴로 돌아왔다. 숨이 차올랐다.

그날 오랜만에 지상 꿈을 꿨다.

꿈에서는 모든 게 각진 회색이었다. 뾰족한 모서리를 가진 회색 탁자, 찬장과 옷장, 컴퓨터, 네모난 신발장, 날 선 부엌칼과 예리한 직각 모서리들. 그리고 그 모든 것을 환하게 밝히는 형광등 불빛. 작은 원룸 바닥에 쥐어뜯겨 떨어진 내 머리카락 뭉텅이만이 유일하게 각지지 않은 것이었다. 꿈속에서 나는 항상 그래왔던 것처럼 머리카락을 긁어모아 버렸다.

꿈을 꾸면서 엄지손톱으로 손을 꾹꾹 눌러 피가 날 때까지 반달 모양 상처를 냈다. 긴 소매 아래 숨겨진, 짧은 곡선들 위로 새로운 선이 겹쳐 쓰라릴 때마다 머릿속을 두드려대는 악몽에서 잠시 벗어날 수 있었다. 작은 고통으로 제정신을 차리려, 차오르는 숨을 다시 가라앉히려, 터질 듯이 쿵쿵대는 감정을 억지로 몸 안에 구겨 넣으려 애썼다.

식은땀을 흘리며 꿈에서 깨어나니 푹신하고 알록달록한 토굴로 돌아와 있었다. 어디에 몸을 던져도 다칠 리 없는 동글동글한 공간. 몸을 동그랗게 말고 겨울잠 자는 애벌레처럼 이불 속으로 깊이 들어갔다. 지상의 빛이 더는 내게 닿지 않게.

범람

1

'도태하다'는 쌀 일 도淘에 일 태汰를 쓴다고 한다. 물에 쌀알을 넣고 일어서 헤집음으로 인해 쓸데없는 낱알들을 가려서 버린다는 뜻이란다. 적당한 것을 골라내고 깨끗하게 만드는 작업. 도태되어 떨어져 나온 낱알들이 쌓인 것을 보면, 그 위의 가치관과 기준점이 뭔지 알게 된다. 어떤 쌀알이 쓸 만하다고 여겨지는지.

난 세상 기준으로는 쓸모없는 쌀알일 것이다. 노력이 부족했나 자책하기도 했고, 왜 남들 다 하는 것 못 하고 사는 인생으로 타고났는지 대상 없는 원망도 해봤고, 쓰러질 정도로 밤낮없이 일도 해봤고, 도와달라고 살려달라고 주위에 도움도 청해봤고, 결국에는 손목도 그어봤지만, 그마저도 의지가 부족해 흉터만 남기고 끝났다. 나는 아무것도 바꾸지 못했다. 조금만 더 독했더라면 죽든 살든 결론이 났을 텐데. 충분히 노력하지 못해서 그런가 싶었다.

통장에 조금씩 돈을 모아 숫자가 하나씩 커지는 것을 보며 희망을 품은 날도 있었지만, 곧 동파된 수도관을 고쳐야 하거나 남편의 술주정에 다친 곳을 꿰매야 해서 날리기 일쑤였다. 필요한 게 많은 것도, 그렇게 대단한 것도 아니었는데, 그것을 얻기 위해 모아야 하는 돈의 앞자리는 바뀌지 않았고 뒤에 달린 '0'도 늘어날 생각을 하지 않았다. 이제는 얼굴도 가물가물한 아버지가 난동 부리는 것이 보기 싫어서, 아버지와는 달리 다정하게 챙겨주는 학교 선배와 졸업하자마자 얼른 결혼했다. 하지만, 결국 비슷한 사람이었다. '부모 전철 밟는다'는 주위 사람들의 생각 없는 말이 틀린 것만도 아니었나 보다. 그것도 굴레를 벗어던지지 못한 내 탓인 걸까.

다른 사람들은 걸리는 것 없이 나아가는데 나만 족쇄를 찬 것 같았다. 아니, 아예 발목이 잘린 것 같았다. 아무리 발버둥치고 애써봐도 내일은 오늘의 힘듦이 끝날 거다, 혹은 끝에 조금이라도 가까워진다, 라는 생각이 들지 않았다. 마음이 땅으로 꺼지는 듯한 느낌에 비하면 몸이 아픈 건 사실 아무것도 아니었다. 절망은 오늘의 노력이 고단해서가 아니라, 그 노력이 일말의 희망조차 불러올 수 없다고 느껴질 때 왔다.

나는 절망했었다.

하지만 지하에서는 그럴 필요가 없었다. 아예 달리기를 포기했으니까.

신문 더미를 뒤적거리며 주식 기사, 서울 집값 상승에 대한 기사, 어떤 정치인이 구속되었다는 기사와 대학교수가 연구비를 빼돌리고 학생들에게 돈과 고가의 선물을 뜯어먹었다는 기사를 읽었다. 죄다 찢긴 부분이 너무 커서 가져가는 것은 포기했다. 거짓말 좀 보태 하루 걸러 터지는 기사였으니 별 새로울 것도 없었다. 대신 어르신에게 터널에서 발견한 옷 꾸러미 이야기를 했다.

"잘 말리면 따뜻한 옷을 몇 개 건질 수 있겠어요."

"잘됐네. 너 양말 찾을 수 있겠다. 맨날 쏠랑쏠랑 싸돌아다니면서 양말도 안 갈고 뭐 했어? 빵꾸 난 거 신고 다니고."

어르신이 찢어진 운동화 사이로 꼼지락대는 발가락을 보며 말했다.

"양말은 괜찮은데."

"춥다면서 꽁꽁 싸맬 때는 언제고."

어르신이 내 긴 소매를 바라보며 툴툴댔다.

"에이, 발은 괜찮아요. 입을 바지나 몇 개 찾으려고요."

"또 위로 올라가다가 자빠져서 찢어졌나?"

"방에서 올라가는 길이 조금 가팔라서."

"쯧. 조심하지."

어르신이 혀를 끌끌 찼다. 잔소리가 듣기 싫어서 무릎에 덮은 담요만 만지작거리고 있을 때, 조용한 통로에서 둔탁한 발소리가 들려왔다.

"너 또 놀라지 말고 가만히 있어라."

어르신이 방 입구 쪽으로 고개를 까딱였다. 고개를 돌리는 타이밍에 딱 맞추어 예전에 한 번 마주쳤던 화상 입은 얼굴이 쑥 나왔다. 남자는 날 보고 멈칫거리며 입구에서 서성였다.

"괜찮으니 들어와. 누가 잡아먹기라도 해?"

남자가 주춤거리며 커다란 몸을 입구에 욱여넣었다. 남자는 작은 방에서 할 수 있는 한 멀리 떨어진 채 엉거주춤 인사했다. 나도 애꿎은 손등을 소매 위로 긁적이며 "안녕하세요" 하고 고개를 숙였고, 어르신은 둘이 인사를 나누든 말든 천장만 보고 있었다.

남자는 가까이서 보니 훨씬 더 컸다. 덥수룩한 머리칼에, 흉터 때문에 전체적인 피부가 짙은 갈색이었다. 마치 곰 같았다. 살짝 아래로 처진 눈매에 커다란 눈동자, 동글동글한 콧망울까지 꽤 순한 인상이었다.

"왜?"

"아, 저, 위에 이상한 남자 둘이 돌아다니길래요."

피해 왔어요, 라는 소리를 마지막에 얼핏 들은 것 같았다. 그의 코만큼이나 둥글둥글 뭉개지는 저음으로 말을 웅얼거려서 확실하지는 않았다.

"옘병하네. 거기까지 싸돌아다녔나?"

"이미 아셨어요?"

"그리 손전등 들이밀고 다니는데 알지, 그럼."

어르신이 대꾸하며 이불 속으로 꿈틀꿈틀 들어갔다.

"알아서들 피해 다녀. 그런 인간들 여기서 오래 못 버텨, 어차피."

"네."

남자와 내가 동시에 대답했다가, 서로 어색하게 마주 보았다.

"아하하…… 안녕하세요."

남자가 머리를 긁적이며 다시 인사했다. 나도 엉거주춤 다시 인사를 건넸다. 어르신이 눈을 감은 채로 한숨을 푹 쉬었다. 어색한 침묵에 한심하다는 듯한 한숨이 섞여 들어가니 웃음이 났다. 남자도 어이가 없다는 듯 조금 키득거렸다.

남자는 이가 보이도록 씨익 웃었다. 화상 때문에 얼굴이 심하게 일그러졌다는 표현이 더 맞겠지만, 몇 마디 섞어봤다고 딱히 무섭지는 않았다. 그저 거뭇거뭇한 얼굴과 대조된 이가 유난히 새하얘 보였다.

웃음이 사그라들자 다시 어정쩡한 침묵이 늘어졌다.

"저……."

한참 동안 손전등 든 남자들을 어디서 봤는지 물어볼까 고민했다. 기어들어가는 목소리로 남자를 부르자, 남자는 불에 데이기라도 한 듯 어깨를 눈에 띄게 움찔했다. 그 움직임에 둘 다 조용해졌다. 옆의 어르신은 눈을 가만히 감고 죽은 듯 잠들어 있었다. 내가 눈을 꼭 감고 부들부들 떨면서 말을 내뱉었다.

"이만 가볼게요. 어르신께서도 주무시고……."

"아, 네."

남자와 나는 벌떡 일어났다. 그 와중에 남자가 어르신과 나에게는 꽤나 높았던 천장에 머리를 부딪쳤다. 쿵 소리가 나며 흙뭉텅이가 와르르 남자의 머리 위로 쏟아졌다.

"아주 방을 부숴라, 부숴."

"아, 어르신, 안 주무셨어요?"

어르신이 눈을 감은 채로 넌지시 핀잔을 주자 남자가 덥

수룩한 머리를 흙투성이가 된 손으로 벅벅 문댔다. 남자의 머리는 더 엉망이 됐고, 흙이 우수수 어깨로 떨어졌다.

나는 바로 방으로 돌아가지 않고 산책을 나왔다. 지상에서도 일이 끝나고 한밤중에 집으로 갈 때, 손가락 하나 까딱할 힘도 없을 만큼 피곤했지만 일부러 지하철 몇 정거장 거리를 걸어가곤 했다. 피곤함보다 집에 들어가기 싫은 마음이 더 커서 그랬다. 멍하니 걷다 보면 마음이 좀 가벼워졌다.

지하에서도 똑같은 습관이 생겼다. 별 대화도 나누지 않았지만 새로운 사람을 본다는 것 자체에 온몸이 긴장하고 있었는지, 산책을 해야 풀릴 것 같았다. 평소에 지나다니는 쓰레기 더미를 빙 돌아 저수지까지 갔다. 사다리를 기어올라 무너진 광장 쪽으로 발걸음을 돌렸다. 커다란 터널에 발자국 소리만 메아리로 울렸다. 공허함과 축축함만 있는 그 공간은 개미굴에서 꽤 멀리 떨어진 곳이었고, 오히려 지상과 가까웠다. 바로 지하철 9호선 철도로 올라갈 수 있는 연결 통로도 있었다. 광장이 무너지기 전부터 지하에 계셨다던 어르신에게 들었다.

멀리서 지하철이 쿵쿵대는 소리가 이명처럼 울리곤 했지만, 대체로 광장은 조용했다.

하지만 오랜만의 광장은 고요하지 않았다. 터널에서 빛이 보이기 시작할 때쯤 저 멀리 돌무더기 근처에서 무슨 소리가 났다. 유리 깨지는 소리와 고함, 우는 소리까지. 터널에 드문드문 내려오는 부랑자들끼리 말싸움이 났거나 범죄자가 숨어들었겠거니 했다. 평소 같으면 산책을 방해받은 짜증스러움에 한숨을 푹 쉬고 몸을 숨기거나 다른 통로로 지나갔을 터였지만, 울음소리가 어쩐지 마음에 걸렸다.

지하에 한 번도 울린 적 없던 아이 울음소리가 날카롭게 어둠을 갈랐다.

나는 아이를 잃어는 봤어도 길러본 적은 없었다. 유산으로 며칠 입원해 있다가 퇴원한 뒤 지하로 내려왔다. 임신한 배를 심하게 걷어차인 데다 원래부터 가지고 있었던 물혹이 터졌고, 과로까지 겹쳤다. 아이를 더 이상 가지기 어려울 거다, 뭐 이런 말을 들은 것 같았는데. 이젠 기억도 잘

나지 않았다. 아이를 잃었다는 사실이 괴로워야 정상일 텐데, 너무 무감각했다. 별 감정이 느껴지지 않는다는 것에 대한 죄책감이 오히려 나를 더 괴롭혔다. 빈 원룸으로 돌아갔을 때는 죽고 싶었지만 차마 모질게 손목을 긋지 못했다. 손목에 흠집만 내고, 며칠 동안 방 안에서 죽은 듯이 누워 있었다. 남편이 돌아와서 유산한 것을 알면 그때는 정말 남편 손에 죽을 것 같았다. 무서워서 무작정 나왔고, 그 길로 지하로 숨어들었다.

아이 울음소리를 듣고 살금살금 소음 속으로 다가갔다. 절반은 호기심, 절반은 걱정이었나. 아직도 그 마음이 뭐였는지는 정확히 모르겠다.

광장에 다가서자 보이는 것은 무너진 돌무더기 근처에 있는 세 사람이었다. 끝없이 늘어진 무덤과 폐허 사이의 세 사람은 얼른 눈에 띄지 않을 정도로 작았지만, 예전보다 더 커진 듯한 지하철 소리를 뚫고 울려 퍼지는 울음소리가 아이들의 위치를 정확히 알려주었다.

곧 한 남자의 뒷모습과 두 어린아이가 눈에 들어왔다.

아이들은 바닥에 주저앉아 서로를 부둥켜안고 있었다. 열두세 살 정도 돼 보이는 여자아이는 남자아이를 어른 남자에게서 보호하려는 듯 온몸으로 감싸 안고 있었다. 여자아이에게 가려진 남자아이는 거의 보이지 않았다. 산발이 된 머리칼로 뒤덮인 여자아이의 얼굴에서 남자를 날카롭게 노려보는 눈만이 또렷했다. 벌겋게 충혈된 눈은 눈물이 가득 고인 채로도 흔들리지 않고 남자를 째려보았다. 썩은 내가 만연한 지하에서 무감각하게 지냈지만 남자의 역겨운 술 냄새는 코에 금방 닿았다. 속이 뒤집힐 것 같은 메스꺼움에 헛구역질이 났다.

구역질하는 소리가 생각보다 크게 광장에 울렸다. 남자가 휙 돌더니 내 쪽을 바라보길래 급히 몸을 쭈그려 숨었다. 습관적으로 양손을 들어 코와 입을 막아 소리를 목 안으로 눌러 담았다.

"여기까지 뭔 인간들이 이렇게 많아……."

술 취한 남자가 짜증 난다는 듯이 중얼거리더니, 둔탁하게 때리는 소리가 들렸다. 아이들을 발로 걷어찬 것 같았다.

한참 동안 살림살이가 엎어져 뒹구는 듯한 소리가 달그

락거리며 나더니 어느새 멈췄다. 바들바들 떨면서 빼꼼히 돌아보니 남자는 사라졌고, 아이들은 그 옆의 무덤처럼 움직임이 없었다.

죽은 듯이 가만히 있는 아이들을 한가운데 두고, 광장으로 난 여러 입구에서 상황을 지켜보는 사람들의 움직임이 눈에 띄었다. 아마 큰 소리를 듣고 몰려온 거겠지.

귀신같이 창백한 얼굴에 어깨에 닿을락 말락 한 단발머리의 여자. 계단 위 통로로 살짝 보이는 깡마르고 키 작은 남자. 너덜너덜한 티셔츠를 몇 겹이나 껴입은 나이 든 여자. 손에 장바구니 같은 것을 주렁주렁 든 남자. 그 맞은편에 담배를 문 남자 둘. 그 뒤로도 사람들이 꽤나 많이 바글바글 몰려들었다.

그중 아는 얼굴은 어르신의 굴에서 봤던 화상 입은 남자와 등산 가방을 짊어지고 손전등을 든 남자들.

도망갈까.

"화연 언니!"

그때 여자아이가 외쳤다. 단발머리 여자가 어둠 속에서 후다닥 뛰쳐나와 아이들을 안았다. 내려온 지 얼마 되지 않았는지, 아니면 쓸 만한 옷을 최근에 주웠는지, 구멍 하나 없는 상의에 도톰한 까만 바지를 입고 있었다. 손전등 빛 두 줄기가 아이들과 여자에게 다가갔다.

도망가야 하는데, 저 남자들이 무슨 짓을 할까, 끼어들까, 그래봤자 내가 할 수 있는 것도 없는데, 온갖 생각이 머릿속에서 빙빙 돌았다. 다리는 그 자리에 뿌리박힌 듯이 움직이지 않았다. 남자들은 아이들에게 점점 가까이 다가갔다.

"저기요……."

안경 쓴 남자가 먼저 아이들에게 말을 걸었다. 아이들은 날 선 눈으로 경계하기만 했고, 화연은 눈을 동그랗게 뜨고 얼어버렸다.

"여기 사는 사람들입니다. 나쁜 사람 아니니까 걱정 말고……."

"놔두시죠."

화상 입은 남자가 걸어 나와 남자들 뒤에 섰다. 그들은 깜짝 놀라더니 주춤거렸고, 남자아이가 울먹거렸다.

안경 쓴 남자가 뒷걸음질치다 화상 입은 남자의 발에 걸려 넘어졌다. 가방 옆에 달려 있던 물통이 떨어져 데구루루 굴러와 내 발에 부딪혔다. 물통을 좇아가던 안경 쓴 남자의 시선이 나와 닿았다. 머리부터 발끝까지 소름이 돋았다. 그 남자는 웃어 보였다.

"아, 저번에 뵌 분이구나. 안녕하세요."

숨 쉬기가 어려웠다. 모든 사람이 날 쳐다보는 게 느껴졌다. 안경 쓴 남자는 천천히 일어서더니 손을 뻗어 손바닥을 보였다. 물통을 주워달라는 말인가? 어색하게 고개를 숙여 인사하고 발치에 있는 찌그러진 물통을 주워 주춤주춤 구석에서 나왔다. 다행히 안경 쓴 남자는 다가오지 않고 가만히 있었다.

나는 남자의 손이 아니라 근처 바닥에 물통을 내려놓았다. 그리고 한 발짝 뒤로 물러서 아이들에게로 시선을 돌렸다. 손톱으로 손을 꾹꾹 눌러대면서.

아이들을 가만히 쳐다보고 있자니, 예뻤다. 여자아이는 몸은 말랐어도 얼굴은 젖살이 포동포동하게 올라와 있었다. 동글동글한 볼, 낮은 코, 그 아래 작은 콧구멍 두 개는 수박씨처럼 콕 박혀 있었다. 삐뚜로 잘린 앞머리 밑에는 커다란 눈이 이 어두운 지하에 별을 박아놓은 듯 반짝였다.

남자아이는 생명줄을 잡은 양 작은 손으로 누나의 팔을 꼭 붙들고 있었다. 누나보다 네다섯 살은 어려 보였는데, 꼬질꼬질하지만 오똑한 코와 앙다문 얇은 입술이 얼핏 봐도 술 취한 남자를 많이 닮아 있었다.

"아, 경계하지 마세요. 저희는 도와드리러 왔습니다."

"도움…… 이요?"

"임한오라고 합니다. 이런 데서 만나 뵙게 되어서 정말 반갑네요."

"저는 표민일 교수라고 합니다."

안경 쓴 남자 옆에 있던, 흰머리를 한쪽으로 곱게 빗어 넘긴 남자가 차분한 목소리로 인사를 건넸다. 소리를 듣고 모였던 사람들은 떨어질 콩고물이 없다고 판단했는지 어느새 모두 사라졌다.

"아, 네……."

"여기 혼자 사시는 겁니까?"

"예? 아니요."

숨도 안 쉬고 바로 대답했다. 훌쩍거리는 아이들을 옆에 두고 계속 질문하는 게 껄끄러웠다. 아이들을 힐끔 쳐다보면서 입을 다물었다. 한오가 민망한지 인상을 찌푸리며 헛기침을 하고서는 아이들에게로 시선을 돌렸다.

표 교수가 조심스레 한쪽 무릎을 꿇자 아이들이 화연의 품속으로 더 파고들었다. 화연도 겁먹은 듯 뒤로 주춤하다가 넘어졌다.

"이름이 뭐니?"

"할아버지는 누구세요?"

표 교수의 질문에 여자아이가 카랑카랑한 목소리로 되물었다.

"모르는 사람한테는 얘기하는 거 아니랬어요."

그 말에 한오가 피식 웃음을 짓다가 입술을 깨물었고, 표 교수는 멋쩍은 듯 헛기침을 몇 번 했다. 표 교수가 겉옷 주머니를 뒤적거렸다. 안에서 낡은 갈색 지갑과 펜, 휴대용 손 소독제가 나왔다. 표 교수는 그 사이에서 딸기맛 사탕 하나를 찾아 내밀었다.

"할아버지 나쁜 사람 아니에요. 도와주려고 그래."

"이런 거 받으면 안 된댔어요."

한오는 결국 웃음을 참지 못했고, 표 교수는 그런 한오를 째려보고는 다시 사탕을 주머니 깊이 쑤셔 넣었다. 화상 입은 남자가 쪼그려 앉아 아이들과 눈높이를 맞추고 말을 건넸다.

"안녕. 아저씨는 은혁이야. 심은혁."

나머지가 뜻밖이라는 눈빛으로 화상 입은 남자를 바라봤다.

"안녕하세요."

여자아이가 인사를 건넸다. 옆에서 한오가 끼어들어 살짝 들뜬 목소리로 화연에게 질문했다.

"애들 어머님 되세요?"

"네? 아니거든요!"

화연이 당황에 화가 조금 섞인 목소리로 카랑카랑하게 부정했다.

"애들은 여기 들락날락하면서 몇 번 봐서 알아요."

"저…… 저희는 여기 살아서 그러는데, 이런 소란이 또 날까 봐 걱정이 돼서요……. 아까 간 남자분이 아이들 아빠인 거죠?"

표 교수가 다시 차분하게 취조를 이어갔다.

"네."

"자주 내려오세요?"

화연은 뭐라고 대답을 할까 고민하는 듯하더니 품 안의 여자아이를 내려다보았다. 여자아이가 표 교수 쪽은 보지도 않고 화연의 팔에 대고 웅얼거렸다.

"네."

"그럼 아빠는 집에 간 거니?"

"아마도요."

"음…… 너희도 가고 싶어?"

다들 표 교수를 쳐다봤다. 아이들은 자신에게 선택지가 있다는 것에 놀란 듯했고, 나는 안 가고 싶다고 하면 어떻게 할 생각인지 궁금해서 놀랐다.

"안 가도 돼요?"

2

표 교수는 일일이 아이들에게 따져 물었다.

"음…… 아빠가 저렇게 매일 때리고 그러니? 술 마시고?"

"네."

"엄마는 어디 계셔?"

"없어요."

남자아이가 말했다.

"돌아가셨대요."

"이혼하셨어요."

여자아이가 중얼거리며 정정했다.

"경찰서엔 가봤어?"

"다시 아빠한테 보내요."

"그래서 여기 있으려고?"

여자아이는 그 말에 고민하는 듯 시선을 땅에 떨궜지만, 남자아이는 화연의 얼굴을 바라봤다. 덩달아 모두 화연을 쳐다봤다.

"저도 왔다 갔다 하는 입장이거든요?"

화연이 대꾸했다.

"누나도 여기 삼 일이나 있었다면서."

남자아이가 웅얼거렸다.

"아니, 그건 그런데…… 좀 오래 머물려고 하긴 했지만 너희들까지 어떻게 있는다고 그래."

"화연이라고 했지?"

한오가 나름 부드러운 목소리를 내려고 애쓰며 화연 쪽으로 고개를 돌렸다.

"난 임한오라고 하고, 여긴 표민일 교수님, 이쪽은…… 어……."

사람들의 시선이 느껴졌다. 얼굴에 열이 올랐다. 나는

땅만 쳐다봤다.

"오늘 처음 뵌 분이에요, 저희도."

"안녕하세요……."

내가 우물우물 인사를 건넸지만 목소리가 너무 작아 들리려나, 싶었다.

"경찰서로 보내야 하지 않겠어요?"

은혁이 다시 말을 꺼냈다.

"아빠한테 보낸다잖아요."

"그래도요. 여기 둘 수는 없잖아요."

"그럼 이중에 아이들 경찰서 데려다줄 사람 있나요?"

이번엔 더 긴 정적이 뒤따랐다.

"화연이는?"

"전 올라가기가 조금 애매해서……."

화연이 얼굴을 살짝 찌푸리며 대답했다. 올라가라고 해서 그런 건지, 반말 때문인지는 모르겠지만.

"애들을 아동 학대에 노출되게 내버려둘 수도 없지만 이대로 지하에 있으면 학교도 못 다니고, 제대로 건강하게 지낼 수도 없을 텐데."

표 교수가 또박또박 이유를 나열하며 화연을 바라보자 화연이 아이들을 내려다봤다. 남자아이는 아직도 화연만 빤히 쳐다보고 있었고, 여자아이는 어른들 눈치를 보고 있다가 나와 눈이 마주쳤다. 애원하는 듯한 표정에서 간신히 시선을 돌렸다.

"아, 알았어요, 그럼. 제가 며칠 동안 데리고 있을게요. 음…… 며칠만. 저도 이렇게 사람이 많은 줄 몰랐고…… 살 수 있는지도 몰랐고…… 어쨌든 사람 산다면 뭐 방법이 생기겠죠."

화연이 한숨을 쉬며 살짝 짜증이 섞인 목소리로 대답했다. 남자아이는 폴짝폴짝 뛰며 환하게 웃었고, 여자아이도 안도한 표정으로 "언니, 정말 고맙습니다" 하고 인사했다.

"대신 먹을 거나 사는 거 좀 도와주세요."

"어휴, 그럼. 당연히 도와줘야지. 이것저것 알려줄게."

한오가 격하게 고개를 끄덕이며 대답했다.

"그럼, 그렇게 합시다. 화연 씨, 고마워요. 어디 사세요?"

"여기 광장으로 오는 오른쪽 계단 위에 작은 방이 여러 개 있는데, 거기 살아요. 네 번째인가 다섯 번째에."

"마침 잘 되었네요. 저희도 계단 위에 작은 공터 같은 게 있는데, 거기 삽니다. 저수지 위쪽으로요."

교수가 회의를 마무리 짓는 느낌으로 마침표를 찍었다.

"그런데……."

은혁이 조심스레 아이들에게 말을 던졌다.

"이름이 뭐니?"

"선아요. 이선아랑 이승우. 아버지 성함은 이준규고요."

아이가 똑부러지게 대답했다.

"인사요……?"

"그래, 서로 안면 트고, 돕고 지내는 게 좋을 것 같아서. 안 그래도 살기 힘든데."

한오가 넉살 좋게 씩 웃으면서 말을 건넸다.

화연이 지내는 곳으로 아이들을 데려다주자며 얼떨결에 한 무리가 우르르 광장 옆 계단을 올라가고 있었다. 지상과 너무 가깝고 지하철 굉음이 시끄러워 나는 오지도 않는 길이었다. 화연에게 대롱대롱 매달려서 울먹이는 아이들을 외면하지 못한 탓에 따라오고 말았다.

"난 종로 쪽에서 왔고, 저기, 한오 씨는 용산 쪽? 그, 서울역에서 만나서 지내다가 왔다."

표 교수가 말을 이어갔다.

"강북이요?"

"한강 밑으로 쭉 이어져 있거든."

표 교수가 덤덤히 말했다.

"서울역에 사람이 많다 보니 싸움도 나고, 사건 사고가 잦았어. 좀 안전한 곳이 있을까 해서 내려왔다."

"여기도 터널 쪽에 시체 많고 그렇습니다."

은혁이 가만히 있다가 한마디 툭 던졌다.

"뭐, 저기 무덤만 봐도 그럴 거 같긴 한데, 그래도 바로 앞에서 사람들이 죽자고 싸우는 걸 직접 보는 건 다르더라고. 조금…… 꺼림칙하기도 하고 겁도 나고."

한오가 대답했다.

"그나저나 저 공동묘지 같은 건 누가 만들었나?"

표 교수가 호기심 반짝이는 눈으로 나와 은혁을 쓱 훑었지만 돌아오지 않는 대답에 멋쩍은 듯 헛기침을 몇 번 해댔다. 대신 한오가 내게 다른 질문을 던졌다.

"저번에 못 물어봤네. 이름이……?"

"네?"

순간 멈칫했다. 이름이라니. 여기서 지내기로 한 이유를 나한테 왜 구구절절 설명하는지도 모르겠는데, 이름까지 물어보니까 덜컥 겁이 났다. 처음 보는 사람들에게는 별로 신상을 밝히고 싶지 않았다.

지하에서 다른 사람들을 만났을 때는 한 번도 통성명을 하지 않았는데, 사실 그게 비정상적인 것이었다. 처음 만나면 소개를 하는 것이 예의이자 서로를 알아가는 첫 수순인데. 이제 낯선 단어가 되어버린 이름을 내뱉으려고 해봤지만, 잘못을 고백하는 듯 혀 위에서 웅얼웅얼 단어가 돌 뿐, 입 밖으로 들리게 내뱉지는 못했다.

한오가 눈썹을 치켜올리자 다시 얼굴이 벌게졌다. 이제 딱히 지킬 신상이란 것도 없었는데, 날 분명 이상하게 생각할 테지. 아니면 모자란 사람이거나.

"흠, 흠. 오래 있었나 보네. 이 근처에 자리 잡았나?"

"네? 아, 여기보다 좀 더 아래……."

터널 아래 개미굴에 대해 이야기해도 괜찮을지 몰라 얼른 말을 끊었지만, 한오는 금방 말꼬리를 잡았다.

"여기보다 더 아래도 있어? 지하 수로인가? 저수지 같은 곳이 제일 지하층인 줄 알았는데."

"아, 근데, 여기 같지 않아요……. 흙투성이고…… 더 어둡고요. 여기처럼 돌아다니는 사람도 없어요."

"흙? 그런 곳은 또 처음이네. 그럼 거기서부터 무덤 흙을 퍼왔나?"

"그러게. 우리가 지나온 곳은 전부 다 시멘트 터널이었는데."

"아…… 네……."

내가 얼버무렸다.

"혼자 사나?"

"네? 아니요?"

표 교수가 고개를 갸우뚱하길래 또 변명 같은 말을 주저리주저리 내뱉었다. 오랫동안 누군가와 대화를 한 적이 없어서 그런지, 말실수를 많이 하는 것 같았다. 말실수인지 아닌지 분간도 안 됐다.

“아, 그러니까…… 여기 근처에 할아버지도 한 분 계시고…… 아, 두 분이요. 저기, 저, 은혁 씨도 계시고…….”

횡설수설하며 아무렇게나 나열했다. 얼굴에 열이 올라 빨개지는 것이 느껴졌다.

“와, 꽤 많이 있네.”

한오가 반가운 듯 미소 지었다.

“할아버지라니, 노인분들께서 지내기 어려우실 텐데.”

표 교수가 짐짓 걱정스레 말했다.

“아뇨, 여기 꽤 오래 계셨어요. 아주 오래.”

“대단하네요.”

“살기 좋은가 보네요. 나이 드신 분들도 오래 계시는 거 보니. 그쪽도 여자 혼자 이런 데서 잘 사는 것 같고요.”

두 남자의 얼굴이 밝아졌다. 안도와 호기심 사이 애매한 웃음이었는데, 누가 살고 있다고 이렇게 좋아하는 이들이라면 나쁜 사람은 아니겠거니 싶었다. 인상도 나쁘지는 않았다. 물론, 겉으로 웃는 것만 보고 사람 속을 알 수는 없지만, 그래도, 일단은.

"앞으로 잘 부탁드립니다."

표 교수와 한오는 밝은 얼굴로 꾸벅 인사를 했다.

아이들은 아무 말도 하지 않고 말똥말똥 어른들을 바라보기만 했다.

"적당히 거리 둬. 위에서 돌아다니는 놈들이 작정하고 눌러앉을 것도 아니니까."

어르신이 주름진 눈으로 잘 보이지도 않는 흙 천장을 바라보며 말했다.

"벌써 꽤 오래 계신 것 같은데."

"그럼 더 문제지. 지하에 오래 있었는데도 아직 저래 지상 사람처럼 하고 다니는 거 보면."

어르신이 이렇게까지 못마땅해한 적은 처음이라 놀라서 눈을 땡그랗게 떴다.

"왜 싫어하세요?"

"재들은 여기 흘러든 게 아냐."

"일부러 왔다는 말씀이세요?"

어르신은 날 빤히 쳐다보더니 고개를 저었다.

"그 말이 아니라 여기 살러 온 놈들이라고."

"네?"

"여기 뭐 잘 살러 기어오는 놈도 있나."

"터널에서 그런 인간들 많이 보지 않았어?"

모자 쓴 할아버지도 동의하면서 날 봤다.

"내가 거의 서울 지하 전체를 훑다시피 하면서 여기까지 왔는데, 여기만큼 깊숙이 판 개미굴은 몇 군데 없었어. 대부분 돌에 시멘트로 된 통로고, 나무나 흙에 엉성하게 파놓은 데도 있긴 한데 여기만큼 깊지는 않고. 아무튼 터널같이 생겨서 노숙자들 왔다 갔다 하고, 지하철이랑 연결된 곳이 대부분이었지."

"지하가 그렇게 커요?"

"그럼. 나 거기, 어디냐, 상계 근처에서부터 왔어."

상계가 어디인지 몰랐지만 그저 고개를 끄덕였다.

"저기, 노원구 위쪽. 백사마을이라고 아냐?"

또 의미 없이 대충 고개를 끄덕이는 것을 본 할아버지가 뭐라고 하려다가 그냥 넘어갔다.

"아무튼 거기서부터 쭉 내려와서, 신설동 안 쓰는 지하철역에 연결된 터널에도 살았고. 거기에 사람 많아. 지상에서 이것저것 챙겨오고 잠만 지하에서 자는 사람들도 많았고."

"그런데 왜 여기까지 내려오셨어요?"

"떠돌아다녀야 해서."

"아, 지하철역에서 쫓겨나셨어요?"

"아니. 그거야 관리인 피해 숨어 다니면 그만이지. 그냥, 우리 같은 사람이 어디 발붙일 데가 있냐. 돌아갈 집도 절도 없으니까, 따뜻한 데, 밥 먹을 수 있는 데 찾다 사람 많아지면 싸움 붙고 그러지."

"아……."

"그놈들도 서울역에서 왔다고 했지?"

"네."

"뭐, 비슷하겠네, 나랑. 떠돌이 신세."

할아버지는 빛바랜 새마을운동 모자를 몇 번 벅벅 긁더니 말을 이었다.

"여기가 제일 좋아. 나름 물도 있지, 터널보다 훨씬 아래라 조용하고 사람도 없지, 내려오기도 어렵지. 나한테는 집 같아, 이제."

3

"너한테도 인사 갔어?"

어르신의 물음에 나는 이전의 말실수를 후회했다.

더 아래쪽에 사람들이 살고 있다는 말을 흘린 뒤 표 교수와 한오는 꾸역꾸역 개미굴로 내려왔다. 눈이 멀 듯한 손전등 불빛과 함께. 이불로 둘러싸인 내 공간을 보고서는 와, 잘 만드셨네요, 라는 가벼운 칭찬과 신기하다는 듯한 눈빛을 던졌다. 내가 불편해하는 것을 알았는지 금방 떠나긴 했지만 불안한 것을 사실이었다. 누가 내 방에 찾아온 적은 없었는데.

"딱 두 군데밖에 없네, 내려오는 데가. 저수지 옆 구멍이랑 여기 아치문이랑."

표 교수는 지도라도 만들 생각인지, 손전등을 휘두르면서 수첩에 모양을 그렸다. 구석구석 탐방하면서 얻어낸 정보를 성실히 메모하는 것 같더니, 결국 답도 없이 길을 잃곤 했다. 조용한 땅굴에 "저기요!"라고 몇 번이나 소리쳐 도움을 요청하기도 했고, 끝없이 돌아다니다 마주친 사람들 덕분에 겨우 터널로 돌아가기 일쑤였다.

표 교수와 한오는 어르신 방에도 들렀다. 심드렁하게 앉아 있던 어르신에게 지하에 사는 거주민으로서 '인사'를 드리고 싶다고 말했다. 어르신은 인상을 팍 찌푸리며 여기까지 뭐 하러 왔냐고, 손전등이나 치우라고 역정을 냈다 한다. 당황할 법도 했지만, 경계하는 태도에 관대한 이해심을 가지고 넉살 좋게 웃으며 계속 어르신을 찾아왔다. 깨끗한 물을 어디서 구할 수 있는지, 근처 길이 어떻게 되는지 등 이것저것 조언을 듣고 싶다고 말이다. 손전등은 눈치가 보였는지 거의 쓰지 않거나 불빛을 약하게 해놓았다. 어르신은 귀찮아서 무시했다고 하지만 내가 아는 어르신이라면 아마 도움이 될 만한 대답을 몇 마디라도 해줬을 터였다.

“죄송해요. 제가 괜히 말을 흘려서…….”

“됐다. 너 탓 아니야.”

어르신에게 대충 아이들과 무슨 일이 있었는지 설명했는데, 항상 그렇듯 무표정으로 듣다가 혀만 끌끌 차고는 드러누웠다.

표 교수와 한오는 개미굴에서 계속 길을 잃다가, 모자 쓴 할아버지의 도움으로 간신히 샘 옆의 구멍을 알아냈다. 두 남자는 화연과 아이들이 있는 곳에서 조금 떨어진 네모난 방에 아파트 옆 호수 이웃처럼 나란히 살았다. 어둡고 불편한 개미굴보다는 방도 제대로 갖출 수 있고 이것저것 찾기가 수월한 터널이 좋다고 했다.

두 사람은 오자마자 부지런히 짐을 풀어서 한쪽은 옷, 한쪽은 음식 등으로 정돈된 방 모양을 만들었다. 낡았지만 도톰한 침낭과 담요도 잘 깔아놓았다. 몇십 년에 걸쳐 만들어진 어르신의 방과 흡사했다. 표 교수는 무거워 보이는 책 몇 권과 공책, 펜 몇 자루를 나란히 정리해놓았고, 침낭 머리맡에 색 바랜 갈색 지갑을 소중히 모셔놨다. 한오는 지상에서부터 가지고 온 건지, 쓰레기 더미에서 찾은 건지 모를 비타민과 영양제를 몇 통 나란히 진열해놓았다. 곧 짐이 더 늘었는지 큰 박스에 잡다한 물건을 담아서 차곡차곡 쌓아놨다.

표 교수는 항상 신문 조각이나 책을 끼고 다녔다. 어르신만큼이나 읽는 것을 좋아하는 듯 보였는데, 어르신처럼 진득하게 자기 방에서 읽지 않고 굳이 책을 갖고 다니는지 의아했다. 나중에 물어보니 터널 여기저기 앉아 쉬면서 읽기도 한댔는데, 그 모습을 한 번도 보지는 못했다.

표 교수는 어르신과 이것저것 대화를 나누고 싶어 하는 눈치였다. 물론, 어르신은 일관되게 무관심하고 퉁명스러웠지만.

"어르신이 지하에서 오래 살아남은 만큼 노하우도 있고, 연륜에서 나오는 지혜가 있겠지."

어떻게 그렇게 지하에 오래 계셨나요, 깨끗한 물이 있는 곳은 저 샘이 다인가요, 저 책상은 어디서 얻으셨나요, 이 근처에 사람이 많나요, 여자분은 언제부터 계셨나요, 광장에 저렇게 많은 무덤이 있을 정도로 사람이 자주 죽어 나가나요, 개미굴은 규모가 어느 정도인가요 등등. 오지랖 부릴 거면 썩 꺼지라고 싫은 소리를 듣는데도, 표 교수는 어르신 방에 들를 때면 예의를 차리며 새 참치 캔이나 뜯지 않은 라면을 가져갔다.

표 교수가 가진 멀쩡한 음식은 대부분 내가 대신 찾아준 것이었다. 표 교수는 쓰레기 더미를 뒤지는 내 모습을 멀찍이서 힐끔대다가, 음식 잘 찾는 법을 가르쳐달라며 넌지시 물어보았다. 그런 모습이 안쓰러워 먹을 만한 음식 몇 개를 쥐여주곤 했다.

표 교수는 강북 쪽에서 지하 생활을 했다는 것치고는 쓰레기 뒤지는 것을 꺼리는 데다가, 내가 찾아주는 음식도 봉지가 뜯어지지 않은 새것만 먹었다. 표 교수는 아무래도 책상에 앉아 공부만 해서 이런 일은 익숙해지기가 조금 힘들다고 변명했다.

그래도 손재주는 뛰어난 듯 보였다. 표 교수는 내가 괜찮다고 몇 번이나 거절해도 도와줘서 고맙다며 굳이 내 방 근처 아치문 아래에 사다리를 놔주었다. 터널로 올라갈 때마다 불편한 왼발을 딛고 끙끙대며 기어오르는 것보다 조금 더 편하게 다닐 수 있도록 도와주고 싶었다는 것이다.

처음에는 길도 못 찾는 사람이 사다리를 만들 수나 있을지 의심했다. 그런데 얼마 지나지 않아 어디서 구했는지 모를 쇠파이프 몇 개와 플라스틱 옷걸이, 긴 각목 등을 끈으로 단단하게 묶어 사다리를 만들어냈다. 게다가 내 불편한 다리가 중심을 잡기 쉽도록 사다리 윗부분을 터널에 단단히 고정해놓았다. 사다리가 있으니 왔다 갔다 하기가 훨씬 수월했다.

한오도 표 교수 옆에서 사다리 놓는 것을 도와주었다. 한오는 항상 표 교수를 따라다녔다. 표 교수와 이야기를 많이 하는 듯 보였는데, 대부분 표 교수가 얘기를 하면 한오가 고개를 끄덕이는 쪽이었다. 표 교수는 한오가 말 상대를 해주어 외롭지 않고 고맙다고 했다.

"서울역에서 교수님 도움을 많이 받았어. 거기 자리 잡고 노숙하는 사람들이 워낙 많아서, 왔다 갔다 하는 사람들끼리 모여 있는 곳에 같이 머물렀는데 교수님이 리더 역할을 해주셨어. 이분 저분 많이 돕고."

"에이, 뭐 몇이나 되었다고 그러나."

한오가 사다리를 달아주면서 설명하자 표 교수는 별거 아니라는 듯 손사래를 치며 사다리 꼭대기를 고정하는 데 집중했다.

"그분들은 교수님하고 한오 씨가 떠나서 아쉬우셨겠어요."

사회생활하며 익혀둔 '별 관심 없지만 맞장구쳐주는 화법'이 이런 데서 툭 튀어나왔다.

"그런 것도 아니더라고. 다들 잠시 머물렀다 가는 사람들이라. 대부분 지상으로 돌아갔을걸?"

"여기가 좀 독특하지, 아무래도."

"양 씨 어르신께서 잘 아시는 것 같던데. 예전에 워낙 여기저기 돌아다니셨다고."

"네? 누구요?"

"아, 양영도 어르신. 그 새마을운동 모자 쓰고 한쪽 다리 불편하신 분."

아, 그분 성함이 양영도였구나. 처음 알았다.

"그분은 오래 계신 어르신보다는 나랑 한오 마음에 들어 하시는 것 같더라."

"양 씨 어르신께서도 오래 계셨던데. 20년은 족히 된대."

양 씨 할아버지는 한오와 표 교수가 온 뒤로 자주 어르신 쪽으로 마실을 나왔다. 가끔 은혁도 함께 있었다. 정확히 말하면, 표 교수와 한오가 서글서글하게 웃으며 얘기하는 것과 옹기종기 모이는 것을 즐거워했다. 어르신은 때때로 표 교수와 한오, 양 씨 할아버지가 한꺼번에 들이닥치는 것을 학을 떼며 귀찮아했지만, 딱히 쫓아내거나 싫은 소리는 하지 않았다.

양 씨 할아버지가 맨바닥에 얇은 깔개 하나만 깔고 자는 것을 보고 표 교수와 한오가 요가 매트 몇 개를 구해 두껍게 겹쳐서 매트리스처럼 만들어줬다고 했다.

"그 뭐지, 난 잘 모르는 동넨데…… 저기 위쪽…… 어디더라?"

"성계? 상계?"

"그래, 맞다. 상계동. 거기서 처음 내려오셨는데, 아주 서울 전체를 훑으셨던데."

"우리도 안전한 길 알아내려고 지도 만들었는데, 확실히 크긴 크더라고."

한오가 나를 돌아보며 '이건 모르지'라는 표정으로 씩 웃었다.

"우리 정착민분께서는 여기가 정확히 어디인 줄 아시나?"

"글쎄요."

"강남이야, 강남구."

알아요. 강남역에서 내려왔으니까 그쯤이겠죠.

"강남에서 좀 동쪽, 잠실 탄천 있는 쪽."

"저수지도 아마 원래 다 하천이었던 데 흙으로 메워서 생긴 것 같아."

"아, 네."

"뭐, 손볼 데가 많긴 하지만 이만한 곳도 없지. 사람들도 괜찮은 것 같고. 물이 있는 게 제일 좋고."

"뭐, 다 그래봤자다. 어차피 우리가 떠나온 데처럼 사람들 모이면 싸움 나고 치고받고 하는 거지. 특히 여기 아래로 내려온 인간들은…… 글쎄. 위에서도 제대로 못 사는데 아래에서라고 제대로 살 리가."

표 교수는 마치 자신은 지하에 내려온 사람이 아닌 것처럼 혀를 차며 한오가 사다리를 노끈으로 단단히 고정하는 것을 바라봤다.

4

신경 쓰이는 사람이 생긴다는 건 걱정할 게 많아진다는 말이었다.

그 아이들과 화연을 다시 볼 일은 없을 줄 알았다. 그런데 표 교수와 한오가 여기저기 돌아다니고, 양 씨 할아버지와 은혁까지 인사를 하는 사이가 되어버리고 나니, 그 셋을 소외시킨다는 느낌이 들었다. 누가 챙겨줘야 하지 않나, 싶기도 했다.

고르고 골라 가장 멀쩡하고 포장도 안 뜯은 음식 몇 개와 깨끗해 보이는 담요를 주워 대충 씻은 다음에 주섬주섬 가지고 화연의 방으로 올라갔다. 올라가는 길에도 혹시 이준규와 마주칠까 조마조마했고, 괜히 오지랖 부리는 건 아닌가 걱정되기도 했다.

터널을 한 바퀴 빙 돌면서 머뭇거리다가 한참 뒤에야 빼꼼히 화연의 방을 들여다봤다. 셋 다 도란도란 얘기를 하고 있었고, 다행히 놀라면서도 웃으며 반겨주고, 가져온 물건을 보고 좋아했다.

화연은 아이들과 함께 지낸 이후로는 지상에 오히려 안 올라간다고 했다. 미로 같은 지하에서 올라가는 길도 잘 못 찾는 데다가, 괜히 돌아다니다 혹시나 이준규를 마주칠까 무섭다고 했다. 아이들은 며칠 굶었는지 내가 가지고 온 음식을 순식간에 먹어치웠다.

이준규가 광장 근처에서 돌아다닌다는 소식을 은혁이 일러주었다. 이준규는 술에 취해 비틀거리며 아이들을 찾는다고 했다. 생판 모르는 사람들 사이에 버리고 갈 때는 언제고, 이제 와서 선아야, 승우야, 부르며 취기 오른 목소리로 울고 욕을 하다가 돌아간다고 했다. 아이들과 화연은 광장에 들어가는 것을 최대한 피했다.

"여기 어떻게 내려왔어?"

화연이 아이들에게 물었다. 화연도 사실 아이들과 자세히 얘기를 나눠본 적은 없다고 했다. 어떻게 그렇게 금방 친해졌냐고 물어보니, 화연은 기댈 데가 없으면 금방 친해진다고 대답했다.

"엄마가."

승우가 과자를 우물우물 씹으면서 대답했다.

"엄마가 예전에 저희 데리고 도망가서 숨어 있던 데로 들어왔어요. 공원에 큰 나무 하나가 있는데 거기 뿌리 사이에 동굴 비슷한 데가 있어서, 들어가서 숨었어요."

"그런데 들킨 거야?"

"네. 월세를 못 내서 집주인이 쫓아냈는데 저희 도망가는 거 보고 아빠가 따라왔어요."

"그래……."

내가 웅얼거리며 선아에게도 과자 봉지를 하나 내줬다. 선아가 공손하게 두 손으로 받고는 봉지를 뜯었다.

"아빠 어디서 지내는지는 모르고?"

아이들이 고개를 끄덕였다.

"괜찮아. 너네 걱정이나 해."

화연이 단호하게 말했다. 그게 아이들한테 해도 될 말인지 속으로 의문이 들었지만, 나는 입을 꾹 다물었다.

아이들은 지하에서 시간을 보낼 거리를 나름대로 잘 찾았다. 화연과 함께 쓰레기를 뒤지며 쓸 만한 것을 찾기도 했다. 승우는 뭐라도 하나 찾으면 쪼르르 화연에게 다가가 잘했죠, 이거 쓸 수 있겠죠, 이거 어때 보여요, 이 음식은 포장도 안 뜯겨 있어요, 하며 생글생글 웃었다. 선아는 어디서 승우만 한 장바구니를 주워와 종류별로 음식, 옷, 이불 등을 차곡차곡 쌓아 담았다. 화연이 방까지 대신 가지고 가겠다는 것을 매번 괜찮다고 사양했다. 끙끙거리면서도 무거운 가방을 고집 세게 혼자 끌고 갔다.

처음 선아를 봤을 때는 아찔했다. 너무 익숙한 광경이었다. 술 취한 남자에게 맞고, 조용히 구석에서 숨죽여야만 하는 여자아이. 잊고 있었던 지상의 모습이 과거를 비추는 거울처럼 눈앞에 펼쳐져 있었다. 그래서 더욱 아이들에게

다가가는 것이 꺼려졌다. 미안한 마음에 더 자주 챙겨주고 화연의 방에 들러 아이들이 어떤지 살펴봤다.

그날도 화연의 방에 아이들이 먹을 과자를 가지고 왔었다. 승우는 없었고, 선아는 화연의 무릎 위에서 잠이 들어 있었다. 화연이 선아는 정말 이 작은 몸을 부지런히 움직인다고 소곤소곤 칭찬하며 선아의 이마를 쓸어줬다. 이마가 드러나며 긴 흉터가 보였다. 크고 똘망똘망한 눈은 굳게 감겨 있었다. 처음에는 그 눈이 사람들을 날카롭게 노려보고 있었는데. 난 한 번이라도 그렇게 누구를 노려본 적이 있었나, 생각에 잠겼었다.

욕으로, 주먹으로, 발길질로 얻어맞으면서 한 번이라도 날 때린 사람을 똑바로 쳐다보고 증오에 가득 찬 눈빛을 보낸 적이 있었나. 나는 한 번도 대들지 못했다. 오히려 겁이 나 이불을 뒤집어쓴 채 소리도 못 내고 울음을 삼켰다. 선아만큼 치열하게 이 악물고 발버둥치지 못했다. 악착같이 일하고 버틴 것도 나름 노력한 거라 생각하며 얄팍하게 위로했지만, 결국 제일 힘들게 하는 사람에게 대들기는커녕 똑바로 마주하지도 못했다. 그저 피하기 급급했다.

"정말 기특해라."

화연이 잠든 선아의 머리칼을 쓰다듬을 동안 난 문득 선아를 보며 중얼거렸다. 선아가 깨지 않도록 조용히 말한게 무색하게도, 쾅 하고 부딪히는 소리와 함께 울음소리가 조용한 터널을 통해 울려왔다. 선아가 큰 소리를 듣고 눈을 순식간에 번쩍 뜨더니 벌떡 몸을 일으켰다.

"언니, 승우!"

우리는 광장으로 달려갔다. 화연이 앞서 뛰었고, 선아도 이를 악물고 화연의 보폭에 맞춰 달렸다. 나도 최선을 다했지만 금세 뒤처졌다. 저 멀리서 승우의 울음소리와 고함이 들려왔고, 그쪽으로 빠르게 멀어져 가는 발소리도 들렸다.

지하에 와서 처음으로 다시 절뚝거리는 다리에 대한 분노가 일었다.

만약에, 정말 만약에, 내가 선아처럼 반항할 줄 알았더라면 다치지 않았을까. 도망가지 않고 선아처럼 다시 한번 경찰이라도 찾아갔으면, 계단에서 구르지 않고 다리도 다치지 않았을까. 그럼 지금 화연과, 선아와 함께 뛰어갈 수 있었을 텐데.

남편이 언제부터 날 때렸는지 기억도 나지 않았다. 남편은 항상 술에 취해 있었다. 물건이 날아다녔고 여기저기 질질 끌려다녔다. 내 머리카락은 남편 손에 한 움큼 쥐어져 있었다. 왜 항상 머리채를 잡는지. 손잡이도 아니고.

다리를 다친 날도 마찬가지였다. 웃긴 것은 남편이 직접 때려서 그런 게 아니라, 남편을 피해 기어서 문밖으로 도망가다 집 앞 계단에서 미끄러져 다친 것이었다. 바로 병원에 갔으면 평생 다리를 절지는 않았을 텐데. 퉁퉁 붓고 피가 나는 다리를 싸맨 채 더 맞았다. 날이 밝고 남편이 잠든 후에야 돈 걱정을 하며 겨우 병원에 갈 수 있었다. 일 못 나가면 큰일 나는데, 하는 생각에 몸이 떨렸었다. 치료를 받으면서 머릿속으로는 통장에 돈이 얼마나 남았는지 계산기를 두드렸다.

눈물이 고였다. 낯설었다. 마지막으로 울어본 적이 언제였더라. 헉헉대며 도착했을 때는 이준규가 승우의 머리채를 붙잡고 끌고 가려 하고 있었다. 승우가 안 가겠다고 버티면서 버둥대느라 근처 무덤의 잘 정돈된 흙이 바닥에 흩

뿌려졌다. 나이가 지긋한 데다 몸싸움이라고는 해본 적도 없는 것 같은 표 교수는 이준규가 휘두르는 팔에 저만치 밀려난 뒤 다가가지 못하고 있었고, 양 씨 할아버지도 저걸 어떻게 하냐며 안절부절못하고 있었다. 선아만 이준규에게 달려들어 팔을 잡아당기다가 뺨을 맞아 뒤로 꼬꾸라졌다.

그때 화연이 옆에 널브러져 있는 쓰레기 중 두꺼운 막대기 하나를 집어 냅다 이준규의 뒤통수를 후려쳤다.

나는 깜짝 놀라 헉 소리와 함께 입을 가렸다. 이준규는 바닥에 쓰러져 머리를 양손으로 쥐었다. 승우는 화연에게 달려가 눈물 콧물 범벅인 얼굴을 허벅지에 묻고 엉엉 울었다. 선아는 놀란 눈으로 화연을 바라보더니 긴장이 풀렸는지 자리에 털썩 주저앉았다. 구석에 있던 표 교수와 양 씨 할아버지도 화연을 멍하니 바라봤다. 화연은 내가 처음 보는 표정을 지으며 혐오가 가득 담긴 눈빛으로 이준규를 내려다봤다. 막대기를 쥔 손이 살짝 떨리고 있었다.

한오 뒤를 따라온 은혁은 얼굴이 심하게 일그러지더니 이준규에게 성큼성큼 걸어갔다. 한오는 승우를 길잡이로 데리고 다니다가 이준규와 마주치자 얼른 도망가서 은혁을 데려온 참이었다. 어디 있는지도 모르고 길도 찾지 못하니 터널이 울리도록 고래고래 은혁의 이름을 불러서.

"쯧."

익숙한 목소리에 뒤를 돌아보니 어르신이 와 있었다. 어르신은 이준규를 내려다보며 나지막하게 읊조렸다.

"술 살 돈은 있어 보이는데, 내려오지 말고 그냥 위에서 살아."

판사가 판결을 내리는 듯한 목소리였다. 표 교수가 어르신의 눈치를 슬쩍 보더니 머리를 긁적였고, 한오는 입을 헤벌리고 표 교수와 할아버지를 번갈아 쳐다보기만 했다. 어르신은 화연과 날 슬쩍 보더니 왔던 길을 되돌아갔다.

어르신이 떠난 뒤로도 이준규는 한참 헛구역질하더니 그대로 쓰러져서 정신을 잃었다.

"일단 멀리 가서 버리고 올게요. 정신 차렸을 때 최소한 이 근처에는 없어야 하니까요."

은혁이 화연과 아이들을 보며 말했다. 은혁은 정신을 잃은 이준규를 어깨로 지탱해 일으켜 세우더니 한오에게 고갯짓을 하며 도와달라는 신호를 보냈다. 한오는 달려가 축 처진 팔을 엉거주춤 자신의 어깨에 얹고 은혁과 함께 굴을 나갔다. 덩치 차이가 많이 나는 데다가 이준규의 무게가 거의 다 은혁에게 실려, 돕는다기보다는 흡사 은혁이 남자 둘을 끌고 나가는 듯 보였다.

"고맙습니다!"

선아가 멀어져 가는 은혁과 한오에게 용감한 목소리로 소리쳤다. 이준규가 그 소리에 움찔했다. 머리 위에서 쾅쾅거리는 지하철 소리가 유난히 크게 들렸다.

"그래. 고생했다. 얼른 들어가서 진정하고 쉬어. 동생 챙기고."

표 교수가 선아의 어깨를 두드려줬다.

선아는 끝까지 울지 않았다.

한오와 표 교수는 불안해하는 아이들을 데리고 화연이 개미굴로 내려가는 게 어떻겠냐고 제안했다.

"거기가 더 아래니까, 안전할 것 같은데."

한오와 표 교수의 제안으로 어르신의 방까지 내려가 반상회 비슷한 것이 성사되었다. 굴 안이 좁아서 다 들어가지 못하고, 아이들과 은혁, 화연은 입구 밖에 쪼그리고 앉아야 했다.

"일단, 이 일을 왜 나한테 와서 얘기하는데?"

어르신의 첫마디였다.

"아…… 그래도 어르신께서 알아두셔야 할 것 같아서."

표 교수가 날카로운 어르신의 대답에 놀란 듯 말끝을 얼버무렸다.

"내가 뭐 여기 왕인가? 아님 뭐 입주민 대표야?"

"그래도 여기서 제일 오래 계셨으니까요. 그리고 돌아다니는 사람들 있으면 놀라지 마시라고……."

"허튼소리 마라. 내가 사람 지나다닌다고 놀란 적 있나? 재 처음 왔을 때 머리 풀어헤치고 귀신처럼 돌아다닐 때도 그러려니 했다."

어르신이 날 가리키며 툴툴댔다. 노인네가 뭘 알겠냐고 놀려대곤 했지만, 어르신은 사소한 것도 다 기억했다.

"그래도…… 아이들하고 여자 하나 혈혈단신 내려왔는데……."

"말이나 똑바로 해라. 내려온 게 아니라 너희가 데리고 온 거잖아."

"어찌 되었든 어르신께서 잘 아시니까 도움 주실까 해서 알려드리는 거죠."

"쯧…… 애들 애비가 오면 어쩌려고."

"설마 여기까지 오겠습니까. 길이 이렇게 복잡하고 아래로도 깊은데. 지켜보니까 애들 찾으러나 오지 집으로 돌아가는 것 같던데요."

"여기 살지야 않겠지. 술주정뱅이가 술 찾기 힘든 지하에 왜 눌러앉겠어."

어르신이 은혁과 날 보며 나무랐다.

"니들은 애들이 설치면 말렸어야지."

"아니 근데…… 조금 급하게 마무리되는 느낌이라…… 얼떨결에요. 딱히 막 생각하고 결정한 게 아니라…… 저는 결정한 것 없어요."

내가 더듬더듬 변명했다.

"죄송합니다."

은혁은 무표정으로 사과만 했다.

"아니, 둘 다 이렇게 발 빼기 있습니까? 그래도 우리 다 아이들을 계속 봐왔는데."

표 교수의 목소리가 조금 커졌다.

"그리고 어르신, 설치다니요. 그럼 아이들이 맞아 죽게 놔둡니까?"

"그렇다고 지하로 더 끌고 내려오는가?"

"일단 상황은 종료시켜야지요. 여기에 경찰이 있는 것도 아니고……."

"그러니까 왜 자네가 경찰 역할을 하냔 말이야."

표 교수 얼굴의 주름이 꿈틀댔다.

"저는 어르신께서 매사 귀찮아하시는 것은 알았어도 이렇게 매정하고 이기적인 줄은 몰랐네요."

"자네도 마찬가지 아닌가?"

"제가요? 제가 이기적이라고요? 저는 최소한 애들을 도왔습니다!"

"그래, 제대로 도우려면 자네가 데리고 올라갔어야지.

아님 애들 아빠가 팰 때 끼어들어 말리던가. 책임도 못 질 거면서 애매하게 착한 척만 하나?"

머릿속에서 심장이 뛰듯 쿵쿵거려 두통이 생겼다. 은혁은 다시 한번 어르신께 허리를 숙이며 사과를 했다.

"죄송합니다, 어르신."

"위에서 뭘 해처먹길래 저런 것들까지 다 내려오고."

어르신은 미동도 없이 가만히 있다가 한마디 툭 던졌다.

"갈 곳 없는 애들 끌고 와 순장하는 거지, 데리고 사는 건 개뿔."

표 교수는 그 말에 끓는 화를 주체하지 못하고 방에서 뛰쳐나갔다. 어르신은 그 모습을 보고 혀를 끌끌 차더니 벽을 보고 드러누웠다.

표 교수가 쓸모없는 노인네, 라고 중얼거리는 걸 들은 것은 내 착각이겠지.

"얄팍한 자기만족이다."

어르신이 표 교수와 한오의 뒷모습이 멀어져 가는 것을 보고 단호하게 대답했다.

"진정 애를 위했으면 같이 지상으로 올라가야지."

"저희가 어떻게 가요."

내가 중얼거렸다.

"그러니 하는 소리다. 책임 못 질 일을 여기저기서 벌이니까. 사람들 마음만 휘젓고 다니고."

"그렇게 마음에 안 드시면 교수님이랑 한오 아저씨한테 왜 직접 말씀 안 하세요?"

화연이 물었다.

"그 정도로 다른 사람 일에 신경 안 쓴다, 난. 내가 뭐라 한다고 그놈이 애들을 내칠 리도 없고. 난 싸우기 싫어. 알아서들 하라고 해."

어르신이 안 그래도 작은 눈을 더 게슴츠레 뜨고 날 바라봤다.

"너도 많이 변해가는구나."

"제가 변했어요?"

"이래도 흥, 저래도 흥, 나처럼 가만히 있을 애가."

"그렇다고 애들 혼자 내버려둘 수는 없잖아요."

어르신이 혀를 끌끌 차며 고개를 저었다.

"예전에도 이런 일 있었어요?"

"이런 일이 뭔 일인데?"

"그냥요. 사람 많아지고, 싸우고, 애들도 있고."

"글쎄."

"오래 계셨잖아요."

"예전 일을 기억하는 건 산 사람들이나 하는 거다. 뭔 일이 있든 우리가 기억해서 뭐하게."

이번에는 내가 한숨을 푹 쉬었다. 자잘한 것도 다 기억하면서 굳이 함구하는 이유가 뭘까 무섭기도 했다.

"야, 봐라."

어르신이 흙 천장을 올려다보며 말했다. 빛이 들어오도록 송송 뚫어놓은 구멍 사이로 희미하게 터널이 보였다.

"이렇게 크고 복잡하고 오래된 지하에 별일이 다 있었을 테고, 앞으로도 그럴 거다. 별의별 사람이 왔을 거고 별의별 일이 있었을 거야. 우리는 딱히 결정권이 없어. 위에서 흘러오는 대로 쌓이는 것뿐이지."

"그래도 이렇게 난장판이 나면 모두에게 안 좋잖아요."

"그래, 그래서 온 거 아니었어? 난장판이 싫어서? 그런데 그걸 끌고 오니 곱게 볼 리가 있나."

정곡을 찌르는 말에 입을 다물고서 손만 꼼지락댔다.

"내가, 위에서 슬슬 기어 내려오는 게 많아져서 좋은 꼴을 보질 못했다."

"그럼 예전에도 이랬던 적이 있다는 거네요."

어르신이 눈을 천천히 껌벅였다.

"그게 그렇게 되나."

"그때는 어땠어요?"

"파도 지나가듯 왔다가 갔다."

"네?"

"물에 돌 던지면 바닥에 있던 모래가 튀고 흙탕물이 되지만, 시간이 지나면 또 가라앉지 않냐. 그냥 그렇게 지나갔어."

5

화연과 아이들이 살기로 결정된 곳은 샘 바로 옆이었다. 셋이 모두 들어가도 넉넉하게 지낼 수 있을 정도의 굴을 표 교수와 한오가 함께 파기로 했다. 어르신은 은혁이 부탁하자 말없이 손수레와 삽을 빌려줬다. 표 교수와 한오는 죽은 사람 위해 무덤 만드는 건 잘하면서 살아 있는 애들 위해 일하는 건 안 하려고 한다며 불평을 쏟아냈다. 어르신의 '착한 척'이라는 말에 더 보란 듯이 땀을 뻘뻘 흘리며 방을 만들었다. 양 씨 할아버지도 개미굴을 돌아다니며 삽이나 바구니를 주워왔다.

"어떻게 구워삶았는지."

어르신은 대놓고 불쾌한 티를 냈지만, 그들을 방해하지는 않았다.

양 씨 할아버지는 다리가 불편한 데다 지병이 있어 땅 파는 것은 무리였고, 대신 한오와 표 교수가 만들어준 요가 매트 침대와 쓰레기 더미에서 찾은 이불 하나를 질질 끌고 와 선물로 줬다. 은혁이 방 넓히는 것을 많이 도와줬는데, 표 교수와 한오보다 두세 배는 빨리 흙을 퍼내서 공사 시간을 꽤 줄일 수 있었다. 공사를 마칠 때까지 셋은 내 방에서 지내기로 했다.

"있을 곳이 거기밖에 없잖아. 그렇다고 다시 터널로 돌아가기엔 애들 아버지 문제도 있고."

표 교수의 말에 나는 스스로도 놀랄 만큼 선선히 동의했다. 딱히 거부감이 들지 않았다. 아이들을 위로 보내는 것도 한오나 표 교수가 뭐라고 하지 않아도 내가 신경 쓰였고. 물론 네 명이나 작은 굴에 들어가 있으려니 좁기는 했지만, 아이들은 좋아하며 벽에 붙여놓은 이불에 몸을 비비고 뽁뽁이를 터트리다가 잠이 들었다.

한오와 표 교수는 내가 알려준 쓰레기 더미 위치나 올

라가는 길 등을 화연에게 자세히 전해주었다. 화연도 둘에게 음식을 몇 번 가져다주는 등 왕래가 잦았다. 아이들은 조금 사이즈가 크기는 해도 따뜻한 패딩을 한 벌씩 찾을 수 있었고, 가끔 표 교수의 방에 가서 받아쓰기나 덧셈 뺄셈을 했다. 표 교수가 학교 가는 대신에 조금이라도 하자고 어르고 달래 겨우 수업 비스무리한 것을 받고 있었다. 수업이 끝나면 항상 옆방의 한오가 박스를 뒤져 아이들이 가지고 놀 만한 색연필이나 부서진 장난감 같은 것을 챙겨 보냈다. 요즘 아이들은 핸드폰 게임을 더 좋아하지 않나 싶었지만, 부서지거나 배터리가 없는 핸드폰만 즐비한 지하에서는 어쩔 수 없었다. 다행히 아이들은 마음에 드는 놀잇감이 없다고 투정하지 않았다. 그게 더 안쓰러웠다.

나도 아이들과 화연이 처음 왔을 때 제대로 챙겨주지 못한 게 마음에 걸려, 참치 캔과 과자를 들고 가곤 했다. 화연은 항상 챙겨줘서 고맙다고 말하며 화사하게 웃어 보였다. 나에게 빵을 하나 건네며 “언니라고 불러도 돼요?”라고 물었고, 그 뒤로 난 화연에게 언니가 되었다.

화연은 참 밝고 애교도 많았다. 사소한 일로도 조잘조잘

수다를 떨며 배시시 웃었다. 사랑스러웠다. 저렇게 성격도 좋고 해맑은 애가 어쩌다가 지하로 내려왔는지 이해가 되지 않았다.

"사실, 화연이 진짜 이름은 아니야."

"개명한 거야?"

"아니, 개명은 아니고. 음…… 나 가출했거든. 중학교 때부터 슬금슬금 며칠씩 했는데, 고등학교 올라가고 얼마 안 돼서 아예 나왔어. 그래서 여기저기 진짜 이름 말하고 다니기 좀……."

왜 가출했는지 물어보는 건 실례겠지.

"이름은 어떻게 정한 거야?"

"가출했을 때 만나서 친하게 지낸 언니가 있는데, 진짜 이뻤거든. 그 언니 이름이 화연이라 헤어지고 나서 따라 썼어. 난 얼굴이 이쁜 것도 아니고 몸매가 좋은 것도 아닌데, 이름이라도 이뻐야지."

"에이, 무슨."

"아니, 정말로. 예쁘면 일단 첫인상부터 먹고 들어가는 게 있잖아."

"이뻐, 충분히."

화연이 활짝 웃어 보이며 내 팔을 꼬옥 안고 엉겨 붙었다.

"어우, 나 언니 너무너무 좋다아."

내가 가만히 화연의 머리를 쓰다듬으며 물어봤다.

"원래 이름 물어봐도 돼?"

화연은 잠깐 망설이다가 선아와 승우를 한 번 보고는 대답했다.

"지아. 최지아."

"그럼 지아라고 불러줄까?"

화연이 고개를 세차게 흔들었다.

"싫어, 그 이름."

왜냐고 물어보려다가 말았다.

"알았어. 화연이, 그럼."

화연이 빙그레 웃었다.

"나 여기 온 거 너무 좋아. 다들 잘 챙겨주시고. 저번에 영도 할아버지는 승우 신발도 찾아주셨어. 위에서처럼 잘 곳 찾아서 돌아다니거나 오늘은 어떻게 돈 벌어서 밥 먹지 생각하지 않아도 되고."

"다행이다."

"편해, 그냥. 딱 하나 빼고."

"뭔데? 어르신?"

나는 아이들과 화연이 개미굴로 이사하는 문제를 두고 어르신과 표 교수, 한오가 싸운 것을 기억하고는 물었다.

"아, 아니. 뭐, 그럴 수도 있다고 생각해."

생각보다 아무렇지 않다는 듯 화연이 대꾸했다.

"그래서 어쩌라고. 다른 사람 위해서 한 일이 나한테도 중요하면 오히려 좋은 거 아니야? 나 혼자서는 살아갈 의지가 없어도, 남이 더 소중하면 그렇게 살 수도 있잖아. 내가 받고 싶은 사랑을 남에게 주고, 내가 필요한 위로를 남에게 전하고, 내가 원하는 희망 남에게라도 남기고. 자기만족이라 해도 원래 그러면서 사는 거래. 나를 위한 건지 너를 위한 건지 모르게 되면서 우리를 위한 게 되는 거지."

진지한 표정으로 흔들리지 않고 대답을 하는 것이 의외였다.

"화연 언니가 말해준 거야, 사실. 너랑 나랑 구분하지 말고 우리로 있자고."

내 표정을 보고 화연이 쑥스러운 듯 말했다.

"화연 언니라는 사람이랑 많이 친했나 봐."

"응."

어떻게 헤어지게 됐는지 물어볼까 고민하는데, 내 마음을 읽었는지 화연이 웃으면서 고개를 저었다.

"어디 갔는진 나도 몰라. 원래 가출해서 어울리는 애들이 그래. 어느 날 갑자기 사라져. 죽었는지, 집에 돌아갔는지, 보호소에 갔는지, 지방으로 떴는지, 다른 그룹이랑 어울리는지. 살아 있으면 나한테 말도 없이 가버린 거라 서운하기는 한데, 그렇다고 죽었길 바라는 건 또 아니야. 좀 그래, 생각하면. 아, 그래서, 다 좋은데 딱 하나 불편해."

화연이 말을 돌렸다.

"예전에 하늘 보는 걸 좋아했어. 저녁 해 질 때면 색도 예쁘고, 답답함도 좀 뻥 뚫리는 것 같고. 근데 여기서는 노을도 못 보잖아."

"언니, 그럼 위로 올라가고 싶어?"

옆에서 뽁뽁이를 누르던 선아가 물어왔다.

"글쎄. 일단은 아니."

화연이 오묘한 표정으로 웃으면서 선아의 앞머리를 쓸어 넘겼다.

"언니는 올라가고 싶어?"

이번엔 화연이 내게 물었다.

"아니."

내가 망설임 없이 대답했다.

오랜만에 꿈을 꿨다.

일렁이는 파도에 숨이 막혀오는 꿈이었다. 난 수영을 못했다. 어렸을 때 엄마 손을 잡고 수영장에 가서 몇 번이고 배우려 시도했는데, 한 번도 제대로 물에 뜬 적이 없어서 결국 포기했다. 엄마는 항상 이런 간단한 것도 못하냐며 날 다그쳤었다.

어찌어찌 허우적대다가 간신히 수면 위로 올라왔는데, 지상이었다. 나는 강남 한복판에 철퍼덕 앉아 있었다. 비가 내렸고, 다른 사람들은 비를 피하려 바쁘게 뛰어갔다.

문득 아래를 내려다보니 배수구에서 물이 역류해 도로로 흘러넘치고 있었다.

꿀럭거리며 물이 역류하는 소리에 깜짝 놀라 잠에서 깼다. 선아가 식은땀을 흘리며 배를 부여잡고 끙끙대고 있었다. 쓰레기 더미에서 건진 음식이 상해서 배탈이 난 건지, 체한 건지 걱정이 되었지만 아이를 돌본 경험이 없어서 뭘 어떻게 해야 할지 몰랐다.

"화연아, 화연아."

승우를 안고 잠들어 있는 화연을 깨웠다. 화연은 부스스 일어나 날 멍하니 쳐다봤다.

"어우…… 언니, 순간 나 화연 언니 본 줄……. 깜짝이야."

"응? 아니, 선아 좀 봐봐. 아픈 거 같아."

화연이 걱정스레 인상을 쓰며 선아의 이마를 쓰다듬었다. 선아가 눈을 살짝 떴다.

"열은 없는데…… 체했나?"

"아프면 얘기를 하지 그랬어."

"괜찮아요. 참을 만해요."

선아가 반사적으로 대답했다.

"잠깐만 기다려. 약 가지고 올게."

"여기 약이 있어?"

"응. 저번에 한오 씨 방에서 본 것 같아서."

"아니에요, 언니. 정말 괜찮아요."

선아가 인상을 찌푸리는 것을 보고 자리에서 일어났다. 금방 돌아오겠다는 말과 함께 한오의 방으로 갔다. 막상 나와 보니 한오의 방은 한참이나 위로 올라가야 했다. 선아가 아프다는 생각에 대책 없이 나온 게 한심했지만, 지하에서 약을 구할 수 있는 곳은 한오밖에 생각이 나지 않았다.

사다리를 부여잡고 올라가 아치문을 통과했다. 조용한 복도를 지나 가파른 계단을 오르는데 광장과 연결된 길 쪽에서 소리가 들렸다. 이준규인가 싶어 심장이 덜컥 내려앉았다. 다행히 아무와도 마주치지 않았다.

서둘러 한오가 있을 무너진 광장으로 갔다. 희미한 빛이 어두어둑한 터널에 유난히 밝게 보이고, 두런두런 말소리도 들렸다.

표 교수겠거니 하고 다가가다가, 뜻밖에 양 씨 할아버지의 목소리가 들려 멈칫했다. 다친 다리 때문에 개미굴에서 잘 나오지 않는 할아버지였는데, 바로 위도 아니고 이렇게까지 높이 올라오다니.

내 발자국 소리가 들리자 목소리가 뚝 끊기고, 한오의 얼굴이 벽에서 불쑥 튀어나왔다.

"안녕하세요."

"어, 네가 웬일이냐?"

양 씨 할아버지가 반가운 목소리로 말을 걸었다.

"혹시 약 좀 구할 수 있을까 해서요."

"약? 어디 아파?"

양 씨 할아버지가 눈을 동그랗게 뜨고 바라봤다.

"저는 괜찮은데 선아가요. 배탈이 난 것 같아요. 식은땀도 흘리고요."

약사도 아닌 한오가 증상에 맞는 약을 제대로 알고 줄 수 있나 의심스러웠다. 그래도 없는 것보다는 낫겠지. 방 입구에 걸터앉아 한오가 쌓아놓은 박스와 바구니를 뒤적이는 것을 바라봤다.

"박스가 많으세요."

어색한 침묵을 깨려고 손만 꼼지락대다가 말을 걸었다.

"아, 아무래도 여긴 부족한 게 많아서 챙겨놨지."

한오가 제일 위에 있던 박스를 뒤적이다가 옆에 내려놓고, 그 밑의 박스를 뒤지기 시작했다. 손전등부터 텀블러, 건전지 몇 개가 손을 거쳐가는 게 보였다.

"없는 게 없어."

옆에서 표 교수가 칭찬하듯 거들었다.

"애들 수업 받으러 오면 내가 놀 만한 거 찾아서 쥐여주기도 하거든. 필기구도 내가 다 챙겨줬는데, 애들이 얘기 안 해줬나? 하하."

다시 뒤적거리는 소리만 한참 들렸다.

"방 좁지 않아? 애가 둘이라고 해도 사람이 넷이서 지내는데."

표 교수가 물었다.

"아, 나름 잘 지내고 있어요. 괜찮아요."

"곧 새 방 만드는 거 끝나니까, 조금만 고생해."

한오가 다독이는 말투로 말했다.

"감사합니다."

무엇이 감사한지는 모르겠지만, 일단 인사를 해야 할 것 같았다.

"그래서 말인데, 공사를 더 해야 할 것 같기도 해."

"네?"

내 표정에 표 교수와 한오가 힐끗 양 씨 할아버지를 보더니 말을 이었다.

"아니, 사람이 셋인데 방을 더 만들어야 하지 않겠어?"

"터널에도……."

막연한 거부감에 개미굴 말고 터널에도 있을 곳이 많지 않냐고 하려다가, 이준규를 떠올리고는 입을 닫았다.

"애들 아버지 또 내려오면 어떡해. 그리고 여기는 노숙자도 있고 위험한데 아무래도 밑에서 안전하게 있는 게 애들한테 더 좋지."

한오가 여봐란듯이 말했고, 표 교수도 거들었다.

"말 나온 김에, 나랑 한오도 내려가려고."

그 말에 나는 눈을 동그랗게 떴다. 애당초 망설이며 터널에 방을 꾸린 것은 한오와 표 교수였는데, 말을 바꾸다니 이준규가 무섭기는 무서웠나 싶었다.

"빛도 제대로 안 들고 워낙 구불구불한 데다 터널로 올라오는 입구도 뭐, 우리가 둘러본 범위에서는 딱 두 군데밖에 안 되던데. 제대로 방도 만들고, 길도 정리 좀 하자고."

"터널 저수지에서 개미굴로 흘러 내려가는 물에도 신경 써야 할 것 같고. 정화 장치라던지."

"정화 장치요?"

"자, 이런 식으로. 샘을 진짜 약수터처럼 만들고 여과 장치도 설치할 거다."

내가 눈을 크게 뜨고 물어보자, 표 교수는 그 반응에 신났는지 품에서 갈색 지갑을 꺼내더니 지폐 몇 장 사이에 꼬깃꼬깃 접어둔 종잇조각을 꺼내 펼쳐 보여줬다. 수도꼭지 같은 원기둥에서 물이 흘러나와 고이는 그림이 대충 휘갈겨진 선으로 스케치되어 있었고, 물이 흘러나오는 입구에 빗금이 마구 그어져 있었다.

"그래. 넌 안 돌아다녀봐서 모르겠지만, 다른 데는 마실 물 구하느라 다들 혈안이 돼 있었어. 아예 지상으로 왔다 갔다 하는 사람도 많았고. 누가 물 구해 오면 달려들어 뺏는 일도 다반사였지. 우리도 그런 일 때문에 여기까지 왔으니까."

표 교수가 다시 종이를 접어 지갑 안에 고이 넣으며 설명했다.

"영도 어르신도 아실 거 아니에요, 그렇죠?"

한오가 양 씨 할아버지를 바라봤다.

내가 의심스러운 표정으로 쳐다보니 양 씨 할아버지는 목 뒤를 몇 번 긁적이면서 좀 머뭇거리다 고개를 끄덕였다.

"그건 그래."

"그래도…… 이제까지 잘 지내왔는데 갑자기 여기저기 손보면…… 어르신도 싫어할 테고……."

불쑥 어르신 핑계를 댔다. 아무것도 하지 않아도 되는 조용한 생활에 갑자기 일이 가득 차고 사람들이 복작이는 게 마치 지상에 있는 것 같아 어지러웠다. 그 말에 한오와 표 교수가 미간을 찌푸렸다.

"어르신 말씀이면 다들 잘 따르나 봐."

표 교수가 한참 고민하다가 말을 걸었다.

"네?"

"다들 굉장히 어르신께 깍듯하기도 하고, 말씀 잘 듣는 것 같으니까 하는 소리야. 은혁 씨도 그렇고."

"어르신께서 워낙 나이도 있으시고, 여기 오래 사셨으니까요."

한오가 바구니를 뒤지는 것을 보면서 내가 대답했다.

"에이, 저봐. 이쪽도 어르신 말이라면 다 믿네."

한오가 등을 돌린 상태로 웃음기를 머금고 얘기했다.

"그런데…… 나는 조금 걸리던데."

표 교수가 옆에서 내 눈치를 살피며 말했다.

"뭐가요?"

"아니, 그냥. 다행이라고 생각은 하지. 아이들 아버지한테도 딱, 응? 거의 기절했는데 한마디 하고 가버리고. 카리스마 있으신 것 같아서."

표 교수가 비꼬는 듯이 말했다.

"음…… 어르신께서 원래 딱히 나서지는 않으시는 성격이라서요."

뭔가 어르신을 대신해 변명하는 것 같다는 이상한 느낌

이 들었다.

“그래도 이번에는 나서셔서 다행이네.”

표 교수가 팔짱을 끼고 벽에 기대며 말했다. 한오도 약을 찾으며 거들었다.

“그렇죠? 저번에는 하도 아이들 내버려두라 해서…… 조금 섭섭하기도 하고 냉정하시다 싶더라고요.”

“허허. 우리끼리 하는 말이지만, 여기 오래 사셔서 기본적인 윤리 의식이 없는 게 아닌가 했다니까. 아니면 원래 그런 분이라 여기까지 내려오신 건가, 생각도 들었고.”

표 교수가 날 곁눈질하다 아무 말도 하지 않으니 급하게 덧붙였다.

“아, 그렇다고 나쁜 분이라는 건 아냐. 어련히 좋은 분이신지 잘 알지. 시체 수습도 해주시고. 그냥, 그때 워낙 예상했던 반응을 보이지 않으셔서 내가 좀 서운했거든. 어르신께서 애들 좀 도와주시고 하면 좋을 텐데. 그렇지?”

“그러게요. 저랑 교수님이랑 개미굴로 내려가면 이웃사촌으로 지내야 하는데, 조금 더 교류도 있으면 좋겠어요.”

한오가 옆에서 맞장구쳤다.

"예전에는 개미굴 불편하시다고, 여기 사신다고……."

내가 우물쭈물 물었다.

"계속 떠돌이로 살 수는 없잖아. 여기는 오래 산 사람도 꽤 있고, 샘도 있고, 괜찮던데."

한오가 신경질을 내면서 설명하다가 문득 생각이 난 듯 나에게 말했다.

"아, 내가 얘기 안 했구나."

한오의 뭉툭한 손가락이 위를 가리켰다.

"무슨 거대한 지하 센터를 만든다고 하더라. 지하상가랑 지하철 밑으로 더 깊숙이 판다던데. 여기까지 내려올지는 모르겠지만 터널까지는 곧 뚫을걸? 그래서 우리도 개미굴로 내려가야 할 거 같아. 아, 여기 있네. 진통제."

한오가 하얀 알약을 쥐여주었다.

"너도 잘 생각해봐. 조금이나마 살기 좋아지라고 하는 일이니까. 특히 약한 애들한테 더 좋을 거야. 오늘처럼 아픈 일 많으면 안 되잖아."

차디찬 내 손에 스친 한오의 손이 뜨겁게 느껴졌다. 서로 손가락을 살짝 움찔했다. 아이들도 이 상태로 오래 있으면 내 손처럼 차가워지고 건강도 안 좋아지려나. 한오 말처럼 아이들은 나와는 달라야 했다. 다르길 바랐다.

"감사합니다."

꾸벅 인사를 하고, 플라스틱 캡슐을 손에 꼭 쥐고 후다닥 방을 빠져나왔다.

광장 쪽에서 쿵쿵대는 소리가 유난히 크게 들렸다. 천둥치는 것처럼. 이제 알겠다. 저건 지하철 소리가 아니었다.

6

찌그러진 물통에 물이 받아지길 기다리며 화연과 함께 앉아 있는데, 마음이 불편하고 생각이 많아 절로 한숨이 나왔다.

어르신이 마침 수통을 가지고 걸어오다가 쪼그려 앉은 채 인사를 꾸벅하는 우리를 보고 주름이 자글자글한 미간을 찌푸렸다.

"할아버지, 안녕하세요."

화연이 빙그레 웃으며 다시 인사했다.

어르신이 샘 옆에 털썩 주저앉으면서 오냐, 하고 대답했다. 화연을 보지도 않았지만 어르신의 입꼬리가 슬쩍 올라갔다.

나는 표 교수와 한오한테 들은 말을 어르신에게 전했다. 두 사람이 지상에서 시작된 공사를 피해 개미굴로 내려오려고 한다는 것, 개미굴도 사람이 살 만한 곳으로 바꾸려고 한다는 것. 전부 다.

어르신은 아무 반응이 없었다. 종종 맞장구를 치며 듣는 시늉만 했다. 나는 어르신의 싱거운 반응에 덩달아 조용해졌다.

"그런데, 할아버지."

화연이 물통 안으로 쪼르르 담기는 물줄기를 바라보며 물었다.

"왜."

"왜 저는 안 내치세요?"

"허허, 내가 뭐 내치고 말고 할 게 있나? 내려오는 걸 내가 뭐 막을 수 있는 것도 아니고."

"한오 아저씨가 내심 서운해하는 것 같더라고요."

"별걸 다 서운해하네."

"저는 안 싫어하세요?"

어르신이 주름이 내려앉아 흰자는 거의 보이지 않고 새까만 눈동자만 작게 반짝이는 눈으로 화연을 가만히 관찰하다가 머리를 긁적였다.

"너는 잘 모르겠고. 하지만 그 두 작자는 여기서 오래 못 버틸 것 같은데 오지랖 넓게 여기저기 들쑤시는 것 같아서 별로 안 내켜. 저기 통이나 빼라. 물 다 찼다."

화연이 그제야 물이 가득 차 넘치는 물통을 들어 뚜껑을 꽉 돌려 닫았다. 이미 아이들 것까지 세 통이나 챙긴 다음이었다. 내가 먼저 담으시라고 손짓을 하며 양보했지만 어르신은 귀찮다는 듯 손을 훠이훠이 휘둘렀다.

"애들한테도 정 많이 붙이지 마라."

"네?"

"애들도 여기 오래 못 있을 거다."

"저는 오히려 지하에 사람이 많아지면 더 좋을 것 같은데요."

화연의 말에 어르신이 껄껄 웃었다.

"저…… 사람이 많으면 좋은 게 아닌가요? 더 안전하기도 하고…… 작은 마을같이요."

사람이 많아지면 좋을 리가. 난 오히려 사람이 적어서 이렇게 탈 없이 살고 있다고 생각했다. 많아지면 싸우기만 할 텐데. 게다가 물이 좀 더 풍족하다고 해도 지하에 뭐가 있는 것은 아니었다. 괜히 소수만이 남아 살겠는가. 난 아무 말 없이 턱을 괴고, 가져온 빵 봉지를 뜯어 젖은 부분을 떼어낸 뒤 멀쩡한 부분의 반을 화연에게 건넸다. 어르신께 나머지 멀쩡한 부분을 건네려 했다가, 어르신이 너나 먹으라며 고개를 저어 그대로 입에 넣었다.

"사람이 많을 때도 있었지. 전쟁 나면 또 땅굴 이용하지 않겠어?"

"어르신은 여기 전쟁 났을 때부터 계셨어요?"

"글쎄."

"아, 전쟁 얘기 나와서 말인데, 한오 아저씨가 할아버지 사는 데 왼쪽 큰 통로는 가지 말라던데, 정말이에요?"

"왜?"

"북한에서 땅굴 파놓은 거라던데."

"걔는 어디서 그런 얘길 들었냐?"

"나도 그런 말은 처음 듣는데."

"뭐, 그런 데도 있겠지."

"정말요?"

"글쎄."

"진짜 탱크 가지고 내려오면 죽지 않을까요?"

"에이, 설마 그러려고?"

"아무도 모르죠."

"그럼 뭐, 죽어야죠. 우리가 총칼 든 군인들을 이길 수도 없고."

"어르신이 만든 공동묘지처럼 어디 다른 데다가 시체 묻어놓았을 수도 있죠. 처리하는 거도 장난 아닐 텐데."

"그전에 군인들이 비밀 기지 같은 거 세우지 않았을까? 우리가 모르는 데 있을 수도 있지. 지하가 워낙 커?"

"에이. 괴담이야, 다. 지금 때가 어느 땐데 지하에 기지를 세운다고. 그리고 북한이 파놓은 땅굴이라면 정부에서 이미 우리 잡아갔겠지."

"우릴 왜 잡아가요?"

"어…… 글쎄……? 간첩으로 오해하고?"

"글쎄요……. 저희를 딱히 신경 안 쓰지 않을까요?"

"쯧, 소설을 써라들, 아주. 쓰잘데기 없는 소리 하지 말고 물이나 어여 채워 가."

조잘대는 수다에 어르신은 슬쩍 미소를 지으면서 툭, 한마디 던졌다.

◆

방은 더디게 완성되어 갔다. 호기롭게 나만 믿으라며 곧 될 거라고 장담하던 표 교수는 아이들을 가르친다는 핑계로 거의 내려오지 않았다. 한오가 대신 내려와 방을 파고 있었지만, 그도 열심히 하지는 않았다. 아이들의 수업이 끝나면 개미굴까지 데려다준다는 명목으로 쉬엄쉬엄 내려왔다가, 양 씨 할아버지를 내세워 개미굴 지리를 익히는 시간이 더 많았다. 아이들은 한오가 데려다주는 것을 싫어하면서 짜증을 냈다.

"아저씨 없어도 나랑 승우는 길 잘 찾아요."

항상 무덤덤하게 웃던 선아가 어느 날은 화연과 나에게 쪼르르 와서 투덜댔다.

"위험하니까 그런 거겠지."

내가 아이들이 다 터트린 뽁뽁이 한 장을 뜯어내고 새 담요를 벽에 붙이며 대답했다.

"맨날 심부름만 시키고."

"무슨 심부름?"

"보물찾기요!"

승우가 신난다는 듯이 대답했다.

"아니, 승우한테는 보물찾기라고 얘기해놓고 아저씨가 필요한 거 찾아달라고 해요, 맨날. 쓰레기 뒤져봐라, 뭐 찾아봐라, 하면서. 너네 방 만드느라 얼마나 고생하는 줄 아냐면서, 그러니까 말 잘 들어야 한다고 잔소리만 하고."

"꼰대네, 꼰대."

화연이 대답했다. 나름 아이들 앞이라 욕은 안 하려고 노력하는 것이 보였다.

사실 실질적인 고생은 은혁이 다 하고 있었다. 샘을 지나칠 때마다 은혁이 입을 꾹 다물고 땀을 뻘뻘 흘리며 삽으로 흙을 파는 것을 봤다. 혼자서 터널로 실어 나르는 것까지 다 하고 있었다. 그렇게 열심히 일하면서 한 번도 화연이나 아이들을 보러 오지는 않았다.

은혁이 안쓰러워 보였는지, 화연은 멀쩡한 콜라 한 캔을 가져와 일하는 은혁의 발치에 살짝 놓고 눈인사를 했다.

은혁은 당황했는지 얼굴을 긁적이며 고개를 까딱였다.

"애들이 무서워할까 봐 안 오는 건가?"

화연이 샘에서 돌아오면서 나한테 물었다.

"글쎄. 원래 말 잘 안 해."

"저 아저씨는 언제 왔어?"

"글쎄."

"맨 처음에 봤을 때는 무서웠는데."

"응, 나도."

"어떻게 저렇게 됐대? 다친 거야?"

"글쎄."

"언니."

"응?"

"언니는 아는 게 뭐야?"

"야!"

정말로 오랜만에 이가 보이도록 소리 내서 웃었다.

다행히 이준규는 그 뒤로 보이지 않았다. 혹시나 경찰을 끌고 올까 봐 걱정했지만, 그런 일은 없었다. 반신반의하던 한오의 약이 효과가 있어 선아도 금방 좋아졌다. 양 씨 할아버지는 먼 길을 몇 번이고 찾아와 아이들에게 빵이며 음식이며 스케치북, 색연필 몇 자루를 주고 갔다.

“그냥, 너희한테만 애들 맡기는 게 미안해서 그런다. 물 채우러 오는 김에 겸사겸사.”

양 씨 할아버지가 초코 빵을 들고 방에 들렀을 때는 아이들이 표 교수에게 가서 공부하고 있던 참이었다. 내심 보지 못해서 아쉬운지 투덜댔다.

“교수도 참 열심이야. 뭘 그리 가르치는지. 학교라도 다시 보낼 거면 모를까.”

한참 동안 아이들이 지상으로 올라간다는 생각 자체를 안 했던 난 그 말에 갑자기 우울해졌다.

"할아버지, 애들, 위로 데려가는 게 좋을까요?"

"올려 보내는 게 좋기야 하지. 여기 있어봐야 노친네들 죽는 거나 보지. 길고양이처럼 쓰레기만 야금야금 먹어대고. 애들이 뭘 보고 배울 게 있어야지."

"그럼 어떻게 해요?"

"안 그래도 내가 어르신한테 물어봤다. 애들 이렇게 둘 거냐고."

"뭐라셨어요?"

"때 되면 알아서들 돌아간다고만 하더라."

"돌아가서 어떻게 살지……."

"걔들 인생 걔들이 결정하는 거라던데. 여기서 살든 위에 가서 지지고 볶든 결국엔 애들이 결정하는 거라고."

정말 한오와 표 교수가 말한 것처럼 어르신이 매정한 것 같기도 했다.

"뭐, 지상에 문제가 많아 여기까지 흘러 내려오는 건가, 싶긴 하다. 그래도 어쩌겠냐. 여기에 깔린 사람이 위 세상 죄 뒤엎을 수도 없고."

"깔린 사람이라니요?"

"우리 말이다, 우리. 저 위 세상 아래에 깔려 있는 거지."

"어떻게 보면 그러네요."

"우리는 아무 힘도 없다. 그냥 위에서 떠내려오는 대로 받는 수밖에."

양 씨 할아버지의 표정이 갑자기 장난스레 바뀌었다.

"만약에 말이다, 지하가 있다고 알려지면 어떨 거 같냐? 그리고 여기 있는 모든 쓰레기랑 시체를 위로 둥둥 띄워서 올려 보내고. 난리도 그런 난리가 없을 거다."

양 씨 할아버지의 눈이 선아의 눈만큼이나 반짝였다.

"에이…… 그럴 리가요."

"하도 답답해서 하는 소리다. 답답해서. 요즘 애들 생각하면 도통 잠이 안 온다. 별 쓰레기 같은 인간이 애들을 그렇게 쥐팼는지. 속 터져서 원."

양 씨 할아버지가 한숨을 내쉬다가 가래 끓는 기침을 몇 번 쿨럭였다.

"그 뒤로 애들 애비 안 왔지?"

"네. 한 번도 못 봤어요."

"그렇게 놔줄 작자가 아닌 거 같던데. 또 올 거다. 조심하고. 뭔 일 있으면 소리라도 질러가지고 교수든 한오든 은혁이든 부르고."

"네. 신경 써주셔서 감사해요."

"하이고, 제대로 걷지도 못하는 늙은이가 몇 마디 하는 거 가지고 고맙긴."

"그래도요."

"옛날 생각나서 그런다. 어린애들이 오고 나니 많이 변하는 것 같더라. 위 생각도 많이 나고."

양 씨 할아버지가 피식 웃으면서 허공을 멍하니 바라봤다. 초점이 저 먼 곳에 가 있었다.

"나 어렸을 때 생각도 나고. 부모님이랑 동생들, 이모님, 조부모님까지 아주 대가족이 코딱지만 한 판자촌, 집 같지도 않은 데에 바글바글 모여서 살았다. 거기서도 쫓겨나긴 했다만. 철거한답시고 무식하게 들이받으면 어쩔 수 없는 시절이었거든. 애들 저렇게 부모 없이 지내는 거 보니 내 아버지 생각도 나고. 맨날 공부 열심히 해서 무시당하지 말고 살라며 회초리만 드셨지. 엄해서 억수로 무서워하긴 했지만, 나름 자랑스러운 아버지라고 생각했는데. 국가유

공자시라."

양 씨 할아버지의 뜬금없는 과거 얘기를 들으며 고개를 갸웃댔다.

"어렸을 때 돌아가셨는데, 그때 좀 잘해드릴걸. 내가 딱 선아 나이일 때 가셨다."

얹힌 것처럼 속이 불편하고 메스꺼웠다. 파도 치는 바다 위에 떠 있는 것처럼 어지러웠다. 귀를 막으면 무례할 것 같아, 대신 엄지손톱으로 손을 아프게 꾹꾹 눌러댔다. 통증이 부글부글 끓는 속을 진정시켜 줬다. 문득 손을 내려다보았다. 지상에 있을 때 생긴 초승달 모양의 흉터들 위에 다시 똑같은 손톱자국이 벌겋게 얹혀지고 있었다. 손목에 길게 그어진 흉터도 얼핏 보였다. 원래는 흉터가 덕지덕지 새겨진 손을 보지 않기 위해 긴 소매로 덮고 다녔는데, 승우와 함께 색연필로 그림 그리며 놀아주느라 걷었던 게 아직 그대로였다.

소매를 다시 내려 손등을 가렸다.

"저번에 한오랑 교수가 말한 거 있잖냐."

손등을 완전히 다 가리고 나서야 다시 고개를 들어 양

씨 할아버지의 고민 가득한 얼굴을 바라봤다.

"나쁘지 않은 것 같아."

양 씨 할아버지가 불쑥 말했다. 그러더니 괜한 소리를 했다 싶은지 헛기침을 몇 번 하고는 주섬주섬 일어나다가 휘청거렸다. 팔을 잡아주려고 했지만 양 씨 할아버지는 금세 혼자 다시 중심을 잡고, 머뭇거리다가 말을 보탰다.

"계속 데리고 있으려면 보호는 잘해줘야 할 거 아니냐. 왜, 애 하나 키우려면 온 마을이 힘써야 한다는 말도 있더라. 나야 뭐 곧 죽을 노인네지만, 애들은 다르니까."

"아니에요. 정정하세요."

내가 고개를 도리도리 저으며 말했다.

"허, 나 지하로 내려오기 전에 의사가 곧 죽는다고까지 했는데, 이런 데서 내가 얼마나 더 살려고. 이 정도나 오래 산 게 기적이지."

"어디 아프세요?"

"늙으면 원래 여기저기 고장 나. 혈압이 어쩌고, 심장이 어쩌고 했는데, 말도 어렵고 이제는 너무 오래전이라 기억도 잘 안 나."

"치료 안 받으셨어요?"

"맨날 먹고살기 힘들고 바빠죽겠는데 병원 갈 틈이 있나. 쓰러지고 나서야 들었지, 뭐. 그리고 병원비는 하늘에서 뚝 떨어지냐?"

"그래도 오랫동안 잘 계셨잖아요."

"그러게. 나도 놀랐다. 여기서는 스트레스 받을 일도 없고 술도 안 해서 그런가, 금방 안 뒤지네. 이젠 여기가 집이지. 제일 편하다. 쫓겨날 걱정도, 집세 걱정도 없고."

양 씨 할아버지는 껄껄 웃었지만 나는 무슨 말을 해야 할지 몰랐다.

"살기에는 너무 부족한데, 그렇다고 죽기는 무섭고. 이렇게 나이 들어서 갈 때가 다 돼도 그렇더라. 가족도 없어, 친구도 없어, 집도 절도 돈도 할 것도 없어…… 그러다 보니 예까지 내려온 게지."

"에이, 할아버지……."

"그냥 편안하게 푹 잠든 듯이 가면, 그게 호상이지."

양 씨 할아버지의 멀어지는 뒷모습을 멍하니 보았다. 머릿속으로 기억이 쏟아져 들어왔다. 아이들을 보면 옛날 생각이 나는 것은 양 씨 할아버지뿐만이 아니었다. 무의식중에 손을 꾹꾹 눌러대다가 결국 피가 났다. 손톱 아래에 피가 고이고, 손에는 새로운 초승달 모양의 상처가 생겼다.

아이들이 터트리다 만 벽의 뽁뽁이를 바라봤다. 쭈글쭈글해진 반투명 동그라미 너머로 흙색이 제법 진하게 보였다. 새로 덧댈 것을 찾아야겠다. 문득 아이들과 화연이 평소보다 돌아오는 데 오래 걸린다는 걸 깨달았다.

지하에서 시계나 달력은 쓰지 않았지만, 어느 정도 시간이 지났다는 것을 감으로 느낄 수는 있었다. 양 씨 할아버지와 얘기하고 난 후에 유난히 찝찝한 느낌이 들어, 털어낼 겸 올라가보기로 했다.

아주 오래전, 지상에 있을 때처럼 몸이 지치고 피곤했다.

그때는 항상 망망대해로 가라앉는 느낌이었다. 필사적으로 손발을 휘저어도, 빛이 보이지 않을 정도로 수면은 까마득히 위에 있었고, 방향을 잡아 나아가려 해도 이정표가 없었다. 디딜 땅도 없고, 죽음과도 같은 새까만 심연뿐이었다. 온통 파랗고 공허했다. 막혀오는 숨과 흐려지는 시야에 공포가 엄습했다. 아무리 치열하게 허우적대봤자 이 절망적인 자리에 그대로 있는 게 고작이었다. 그래도 살기 위해 끝없이 버둥거렸다. 포기한 채 심연으로 내려앉았을 때 비로소 편해졌다.

하지만 이제 가라앉았던 것들을 휘저으며 떠오르고 있었다. 무덤덤했던 마음이 다시 날카로워지고, 지상의 기억이 계속 상기되었다. 다시 사람들과 어울리면서 주변이 소리로 가득 차고 있었다. 어르신이 왜 사람들 일에 그렇게 끼기 싫어하는지 알 것 같기도 했다.

힘겹게 사다리를 올라 광장으로 갔다. 지하 센터 공사 소리에 하마터면 시끄럽게 화를 내는 목소리를 놓칠 뻔했다.

저 멀리 돌무더기 꼭대기에서 술에 취한 듯한 이준규가 화연의 팔을 비틀어 잡은 채 마구 흔들고 있었다. 딱딱한 벽에 화연의 몸이 부딪히자 승우가 화연의 바짓가랑이를 꼭 붙잡았다.

쾅.

이준규의 오른손이 뺨을 때리려는 듯이 공중으로 올라갔다.

쾅.

화연이 팔을 깨물자 이준규가 비명을 지르면서 화연을 거칠게 놓았다. 중심을 잃고 비틀거리는 순간 선아가 이준규를 밀쳤다.

쾅.

턱 소리와 함께 이준규의 두 발이 꼬였고, 한 손으로 기둥을 잡으려 했다. 술 때문이든, 화연에게 물린 상처 때문이든, 깡마르고 작은 딸이 밀친 것 때문이든 버둥거리던 팔과 다리는 다시 바로 서지 못했다. 이준규는 뒤로 엉덩방아 찧듯이 넘어졌다.

뒤는 바닥이 없는 낭떠러지였다.

쾅.

커다란 남자의 몸뚱이가 철근과 울퉁불퉁하게 조각난 잔해 위로 굴러떨어졌다. 나는 눈을 꼭 감았지만, 공사 소음보다 더 큰 내 심장 소리에 맞춰 둔탁하게 돌에 부딪히는 소리까지 막을 수 없었다.

쾅.

균열

1

언제부터 지하가 이렇게 위험했을까. 그동안은 자각하지 못했다. 사실 울퉁불퉁한 길에, 깜깜한 통로, 조금만 잘못 디뎌도 굴러떨어질 수 있는 가파른 계단, 중간중간 뚝 끊겨 있고 밑은 절벽인 길, 돌무더기와 쓰레기 더미 사이사이 튀어나온 철근이나 날카로운 모서리. 한 번 잘못하면 크게 다치고, 치료도 받을 수 없는 곳이었다. 눈앞에서 사람이 떨어지는 것을 보고 나서야 주위의 모든 것이 위험하다는 사실을 알아차렸다.

소리가 멈추고 감았던 눈을 슬그머니 떴다. 화연과 아이들은 얼어붙은 채 돌무더기 위에서 널브러진 이준규를 바라보고 있었다. 팔다리가 부자연스러운 방향으로 꺾이고, 머리를 부딪혔는지 피가 고여 있었다.

멀리서 봐도 알 수 있었다. 아, 죽었구나.

먼저 정신을 차린 화연이 아이들의 눈을 가리고 계단으로 내려갔다. 나도 정신을 차렸다. 차가운 공기를 훅 들이쉬면서 숨을 참고 있었다는 것을 깨달았다.

돌덩이 몇 개가 굴러떨어지더니, 곧 붕괴가 시작되었고 바닥까지 흔들렸다. 무너지는 소리와 함께 분진이 일더니 쌓여 있던 돌무더기와 철근이 와르르 쏟아졌다. 큰 돌덩이 하나가 퍽 하고 떨어져 아래 무덤 서너 개를 뭉개자 흙먼지가 일었다가 다시 눅눅한 바닥으로 내려앉았다.

"화연아! 애들아! 내려와!"

내가 소리 질렀다.

나는 비척거리며 계단에서 내려오는 화연과 아이들에게 다가갔다.

"언니……."

셋 다 얼굴이 엉망이었다. 눈물 콧물 범벅에 산발이 된 머리카락이 얼굴에 금이 간 것처럼 붙어 있었다. 선아의 턱과 화연의 팔에는 새로운 멍이 푸르스름하게 들었다. 승우는 오른쪽 신발 한 짝을 잃어버리고 양말만 신고 있었다.

넷이서 약속이나 한 듯 바닥에 주저앉았다. 지친 나머지 한참 동안 그 자리에 앉아 꼼짝도 하지 못했다. 귀를 뚫을 것 같은 굉음이 울리더니 돌무더기가 이준규의 시신 위로 쏟아졌다.

우리는 허겁지겁 저수지와 연결된 긴 복도의 입구로 들어가 몸을 숨겼다.

뿌연 먼지가 흩날리고, 광장의 꼭대기가 주저앉으면서 위쪽 입구를 막는 것이 보였다. 우리가 유일하게, 또 확실하게 알고 있던 지상과의 연결 통로가 끊겼다.

"사고야."

붕괴가 멈추고 한참 뒤에, 지하 센터 공사 소리가 규칙적으로, 하지만 예전보다 조금 더 크게 들려올 무렵 화연이 입을 떼었다.

"응. 사고야."

내 목소리가 메아리처럼 화연의 말을 따라 했다.

다시 정적이 찾아왔다.

"저거 어떻게 하지?"

화연이 혼잣말인지 질문인지 모르게 웅얼거렸다.

수없이 많은 시체를 봐왔지만 눈앞에서 직접 살인을 목격하니 겁도 나고 충격을 받았다. 표 교수와 한오가 왜 있던 곳에서 떠났는지 이해할 수 있었다.

"언니……."

선아가 갈라지는 목소리로 화연을 불렀다.

"미안해요."

그 말이 화연의 정신을 번쩍 들게 한 것 같았다.

"뭐가. 뭐가 미안해."

"나 때문에……."

"우리 잘못 아니야."

화연이가 단호하게 말했다.

"사고. 저거는 사고야."

"화연아……."

화연의 말이 내 양심을 불로 지지는 듯했다. 이게 고작 초등학생 둘에게 할 말인지 확신이 서지 않았다.

"가자."

"어딜?"

"어디긴. 집."

집이라는 말에 내가 멈칫했다. 설마 지상 위의 집을 말하는 건가?

"무슨 집?"

"언니 방이지, 뭐야."

화연이 당연하다는 듯 얘기했다. 말은 태연했지만, 목소리는 쩍쩍 갈라지고 아직도 눈물이 그치지 않고 있었다.

"저…… 거는 어떻게 하고?"

도저히 '저분'이라는 말은 입에서 나오지 않았다.

"여기 원래 사람들 많이 죽어나가잖아. 떨어진 거야, 그냥. 정당방위야. 방어한 거야. 저 새끼가 먼저 시작했잖아."

"하지만……."

아이들이 나를 빤히 쳐다봤다. 아직도 파들파들 떨고 있는 선아는 거의 기절할 것 같았고, 승우는 손톱에서 피가 나도록 물어뜯고 있었다.

"어르신께 말씀드려 볼까?"

내가 조심스레 의견을 냈다. 어르신이라면 어떻게 해야 할지 알 것이다.

"사람 죽였다고 어떻게 말해?"

"그렇다고 이대로 가만히 있을 수는 없잖아."

"경찰이 있어, 뭐가 있어? 뭐 장례 치러줄 것도 아니잖아?"

"누가 찾으면……."

"찾는다고 어떻게 할 수 있는 것도 아니잖아?"

그렇기는 했다. 사람이 죽어도 그냥 그런가 보다 하는 곳. 조용히 사라지는 곳. 분명 그런 곳이었을 텐데.

"일단 방에 가서 생각하자. 저거 계속 보고 있을 거야? 또 무너질지도 모르는데?"

화연이 재촉했다.

빨리 벗어나고 싶어 안달인 표정이었다.

2

며칠이 지났는지 모른다.

승우는 토하고 기절하고를 반복했다. 선아도 화연도 악몽을 꾸는지 앉아서 꾸벅꾸벅 졸다가 소리 지르고 울면서 일어나기 일쑤였다. 방에 붙였던 이불을 조금 뜯어다 몸을 감싸주었지만, 화연은 열이 나기 시작했다.

"아무래도 한오 씨한테 약 받으러 다녀와야겠어."

내가 고민하다가 말했다.

"안 돼."

화연이 반사적으로 말했다. 우리는 그 일이 있고 난 뒤로 아무도 만나지 않았다.

"나 찾아?"

네 명 모두 화들짝 놀라서 소리를 질렀다.

"죄송합니다."

은혁이 어르신의 손수레를 가지고 한오와 함께 있었다.

"양반은 못 되지?"

한오가 키득거리며 웃다가 아이들과 화연의 상태를 보더니 얼굴을 찌푸렸다.

"많이 아픈가 보네."

"괜찮으세요?"

은혁이 걱정스레 물었다. 오랜만에 본 은혁은 공사 때문인지 살이 많이 빠져 있었다.

"방이 완성되었어요. 옮기셔도 될 것 같아요."

"그쪽은 튼튼한가 보네. 안 옮은 거 보니까."

한오가 잠시 고민을 하다가 말했다.

"흠…… 방 다 완성되었다고 해서 기분 좋았는데, 아픈 걸 보니까 또 마음이 그러네. 짐 옮겨서 새 방으로 가 있어. 내가 약 가져다줄게."

짐을 옮기는 게 싫은 것 같기도 했지만, 그래도 그 먼 길을 갔다 오려는 마음은 고마웠다.

"너희한테도 말해줘야 할 것 같은데."

한오가 눈살을 찌푸리며 말했다.

"그, 애들 처음 발견한 광장 있잖아?"

넷 모두 움찔했다.

"거기 반쯤 무너졌더라고. 큰일이야. 확실한 지상 통로는 거기밖에 없었는데, 길이 완전히 막혔어. 하…… 공사 때문인 것 같은데. 아무튼 도움이 안 돼요, 도움이."

한오가 머리를 벅벅 긁으며 내게 물었다.

"지상으로 연결된 출구 혹시 또 알아?"

내가 고개를 저었다. 등에서 식은땀이 났다.

"지상으로 올라가게요?"

"아, 그건 아닌데, 혹시나 해서. 일단 알아놓으면 좋잖아. 나갈 구멍이 있다는 거 자체는."

"한오 씨랑 교수님이 내려온 길은요?"

"아, 그 길은 이제 모르지. 워낙 멀기도 하고, 빙빙 돌아서 몇 날 며칠 헤매다 왔는데 다시 어떻게 찾아가. 가다가 길 잃어버릴 확률이 더 높을걸."

한오가 한숨을 푹 내쉬며 말했다.

"뭐, 그건 차차 찾으면 되겠지. 당장은 올라갈 계획이 없으니까. 이 와중에 노인네는 자기가 만든 무덤 조금 뭉개진 게 아까운지 그거 신경 쓰고 있더라."

한오가 투덜대더니 부탁한다는 듯 은혁의 어깨를 툭툭 쳤다. 은혁은 한오를 쳐다보지도 않고 내게 말했다.

"짐 옮기는 거 도와드릴게요."

"옮길 짐은 딱히 없는데……."

"애들 이불은 안 챙기게? 음식이랑 물통은 챙겨야지."

한오는 멀찍이 서서 손만 휘적휘적하더니 이내 샘으로 터벅터벅 가버렸다.

내 방은 다시 예전처럼 조용해졌다.

달라진 게 있다면 방을 에워쌌던 푹신한 이불이 몇 겹 얇아지고, 빽빽이 공기가 많이 빠졌다는 것. 언젠가는 다시 이불이나 담요를 주워다가 메워야겠지만 이상하게 게 을러졌다. 넷이 시끌벅적 있다가 조용해져서 그런지 마음이 붕 떠 있었다.

나는 샘에 물을 길러 간다는 핑계를 대고, 샘 바로 옆에 있는 화연과 아이들 방에 자주 갔다. 오랜만에 혼자 느끼는 지하는 항상 그래왔듯 공허하고, 조용하고, 축축하고, 차가웠고, 어두웠다. 시간이 멈추고 공기조차 흐르지 않는 듯했지만 정작 나는 예전과 똑같은 정적 속에 녹아들지 못했다.

쓰레기 더미에서 책과 공책들이 유난히 눈에 띄었다. 아이들에게 가져다줄까. 먹을 만한 음식이 보일 때도 다음에 와서 가져가야지 하고 지나치는 게 아니라 아이들이나 화연과 나눠 먹으려고 얼른 집어들었다.

내가 아이들을 이렇게 챙긴다는 게 스스로도 놀라웠다. 지상에서는 오히려 아이들이라면 질색을 했었다. 내가 가질 수 없으면 다 싫어, 안 좋은 기억을 건드리니까 아예 보고 싶지 않아, 라는 배배 꼬인 마음 때문이었을지도 모른다.

"심심한가 보네."

화연이 라면을 생으로 먹으면서 씩 웃었다. 아이들은 종이접기를 하고 있었다. 선아는 영어를 끄적인 공책에 긁다 만 복권, 명함까지 야무지게 찢어 색종이처럼 정사각형을 만든 뒤 꽃을 접고 있었다.

나는 아이들의 담요 위에 모직 코트 몇 벌을 오려서 만든 빳빳하지만 따뜻한 이불을 덮어줬다.

"그런가."

"아니면 우리가 보고 싶든지."

"그런가."

그런 것 같았다.

셋은 한오가 준 약 덕분에 금방 회복했다. 선아는 터널 주변을 예전보다 더 부지런히 돌아다녔다. 내가 조심하라고 해도 오히려 전보다 더 열심히 이것저것 하려고 했고, 터널을 탐방했다. 승우도 누나 손을 잡고 터널을 뒤지는 일에 매진했다. 이를 악물고 하는 것 같아 조금 안쓰러웠다.

아이들은 부쩍 터널로 올라가서 놀다 오는 시간이 많아졌다. 표 교수와 한오가 있는 곳에도 자주 들렀다. 난 가끔 같이 가서 노는 것을 지켜봤다. 아이들은 기가 막히게 놀잇감을 찾아냈다. 찌그러진 탁구공이나 바람 빠진 농구공을 찾는 날에는 몇 시간이고 축축하게 젖은 바닥에서 공놀이를 했다.

반면 화연은 한껏 우울하게 가라앉아 있었다. 예전처럼 웃으며 농담을 던지기도 했지만, 말수가 적어졌고 생각도 많아 보였다.

샘도 변화를 맞이했다. 화연과 함께 샘에 들렀을 때, 한오가 물이 새어 나오는 벽에 딱 붙어 있었다. 표 교수가 한오를 가만히 지켜보았고, 아이들은 옆에서 쓰레기를 줍고 있었다.

"어, 언니!"

선아가 먼저 나를 보고 반기자 두 남자는 화들짝 놀랐다. 표 교수는 어디서 가지고 왔는지 모를 녹슨 야구방망이를 집어들었다. 한오는 손에 들고 있던 작은 조각칼 같은 것을 높이 들어 올렸다.

"어우 씨, 깜짝이야."

한오가 놀란 가슴을 쓸어내리며 팔을 내렸다.

"둘 다 엄청 조용하게 걷네. 기척 좀 하고 다녀."

한오는 안경까지 빼고 얼굴에는 흙이 덕지덕지 묻어 있

었다.

"뭐 하세요?"

"아, 구멍을 넓히고 있다. 너무 조금씩 떨어지길래. 물 뜨는 것도 한참 걸리고."

교수가 대답했다.

"구멍을 넓힌다고요?"

"그래. 조금 넓히고 필터도 넣으려고. 여과 장치 비슷한 것이라도 해놓으면 더 깨끗할 테고, 안정적으로 물이 내려오면 좋잖아. 정화 장치 단다고 얘기하지 않았나?"

놀란 물음에 표 교수가 뿌듯하게 말했다.

한오는 다시 작은 칼로 벽을 동그랗게 후비기 시작했다. 이미 떨어지는 물의 양은 한층 늘어 있었다. 아이들은 묵묵히 쓰레기를 비닐봉지에 집어넣었다.

"한오가 부탁했다."

아이들을 빤히 바라보는 내 눈치에 표 교수가 얼른 얘기했다.

"아…… 애들이 저번에 약 가져다준 뒤로 고맙다고 도와줄 거 있나길래 부탁했어. 뭐, 어려운 일 아니고 물 마시는 곳인데 쓰레기 널브러져 있는 게 좀 그래서."

한오가 낑낑대며 대답하다가 손을 삐끗했다. 다치지는 않았지만 손목이 아픈 것 같았다.

"아이고, 더 이상 못 하겠다."

"그래, 오늘은 이만하지."

한오가 지친 듯 털썩 앉으며 숨을 내쉬더니 표 교수를 노려봤다.

난 정확히 무엇에 화가 난 것인지는 몰랐지만, 뭔가 마음에 들지 않았다. 화연도 마찬가지인 것 같았다. 화연은 흘러나오는 물 아래 통을 가져다 대고, 투명한 물이 전보다는 조금 더 빨리 차오르는 것을 확인한 뒤 아이들에게서 봉투를 빼앗아 쓰레기를 담기 시작했다. 나도 같이 가서 거들었다.

표 교수가 헛기침을 몇 번 하더니 말을 걸었다.

"좀 사람 사는 곳처럼 만들어서 다 같이 잘 지내자고 하는 거다. 어르신께서는 조금…… 태평하잖냐. 그러니까 나라도 주위 사람들 챙기려는 거지. 예전에 양 씨 어르신이 아이들까지 씻기려면 물이 더 많아야 할 텐데, 넌지시 말하기도 했어. 아무리 지하수가 깨끗하다고 해도, 이게 그냥 흙에 스며들어 있는 지하수도 아니고 무슨 저수지 물 같은 건데, 이제까지 탈 없이 마신 게 이상한 거지."

"이런 공사나 필터 끼우는 거, 하실 줄 아세요?"

내가 쓰레기 봉투를 묶으면서 말했다. 아직 남은 쓰레기가 꽤 되었지만 더 줍지 않았다.

"그럼. 걱정 마. 이렇게 해놓으면 아마 네가 제일 편할 거다. 아이들도."

한오가 살짝 기분이 상한 듯 미간을 찌푸리며 너스레를 떨었다. 물론 맞는 말이었다. 물이 많으면 당연히 좋을 것이다. 깨끗하게 필터까지 장착하면 더 좋겠지. 표 교수와 한오의 시도는 좋은 일이었지만, 멀쩡한 벽을 긁어놓는 것을 막상 지켜보자니 기분이 이상했다. 가만히 잘 있던 것을 괜히 긁어 부스럼 만드는 느낌.

"조금 서운하네."

한오가 웅얼댔다.

"네?"

"우리는 다 같이 잘 살아보려고 수도 공사도 해주고, 애들 방도 만들어주고."

한오가 고개를 까딱하며 아이들을 턱으로 가리켰다. 아이들은 그새 내 옆에서 흙벽에 등을 대고 잠들어 있었다.

"애들이랑 양 씨 어르신 약도 챙겨드리는데 그쪽은 안 될 거라고만 하잖아. 아, 그분 지병 있으신 거, 모르지?"

"약을 드렸어요?"

그제야 계속 양 씨 할아버지가 표 교수와 한오 방을 드나들고, 넌지시 두 사람 편을 들었던 것이 이해가 갔다. 그러고 보니 요즘 아이들을 보러 오지도 않고 한참 동안 샘에도 오지 않는 것 같았는데, 아파서 그랬나 보다. 언제 병문안이라도 가야 하나 싶었다. 그래도 아이들을 많이 챙겨줬었는데.

"가슴도 답답하고 다리도 쑤신다고 하길래 진통제랑 뭐 몇 종류 간단한 것 드렸는데, 계속 아프다길래 꾸준히 먹으라고 아예 통으로 줬지. 유통기한도 확인하고 줬으니까 걱정 마."

"아, 네……."

"그렇게 서로 도우면 얼마나 좋아? 사실…… 요즘, 애들

괜히 데려왔나, 생각도 들어."

"왜요?"

"아, 뭐, 챙겨줄 게 많으니까. 방도 지어줬지, 표 교수님은 수업도 해주지, 이것저것."

내가 얼굴을 찡그렸다. 방은 은혁이 거의 다 하지 않았었나. 내 표정을 보더니 한오가 멋쩍은 웃음을 지으며 팔을 휘적거렸다.

"어휴, 그냥 하는 소리야. 거의 애들 엄마네."

내가 표정을 풀지 않자 표 교수가 눈치를 보더니 목 뒤를 긁으며 끼어들었다.

"애들을 위해서라도 살 만하게 만들어야지. 그럼. 왜 생고생을 사서 하면서 이걸 파고 앉아 있나 생각도 들긴 하는데. 어휴…… 이렇게 살 거면 그냥 다시 위로 올라갈까 싶다가도, 여기도 위처럼 살기 편하게 만들어놓으면 복잡한 것 걱정 안 하면서 지낼 것 같고……."

표 교수가 한오를 보고 말했다.

"여태 이 상태로 계속 어떻게 살았나 몰라."

"저희 그냥 잘 살아왔어요."

표 교수가 날 선 내 말에 눈썹을 꿈틀거리며 언짢은 기색을 내비쳤지만 난 아랑곳하지 않았다. 왜 이렇게 화가 나는지 모르겠다. 스스로도 당황스러웠다.

"쯧, 고맙다고 해주지는 못할망정."

표 교수가 투덜댔다.

"부탁한 적 없잖아요!"

옆에서 화연이 훨씬 더 화난 목소리로 언성을 높였다.

"허, 기껏 도와줬더니 아주 필요한 것만 쏙 빼먹는구나? 왜 그렇게 갑자기 짜증을 내냐? 버르장머리 없이."

표 교수가 화연에게 쏘아붙였다.

"누구 좋으라고 하는데요? 다 자기들 좋자고 하는 거면서 애들 핑계나 대고, 부려먹고."

잠에서 깨 눈치를 보는 아이들 옆에 선 화연이 손에 든 휴지심을 바닥에 내팽개치며 날카롭게 대꾸하자 표 교수의 낯빛이 붉으락푸르락 변했다. 한오는 조용히 화연을 노려봤다.

"쯧. 그렇게 사회성이 부족하니까 쓰레기처럼 살고 있는 거지. 실패한 인생 탓하면서 아무것도 안 하고……."

"자기는 아닌 것처럼 말하네."

"뭐? 이게 어디서 반말을…… 네까짓 게 뭘 안다고 떠들어!"

표 교수가 화연에게 성큼 다가가 손을 올렸다. 난 반사적으로 움츠러들었다. 표 교수는 씩씩대며 손을 내리고는 중얼중얼 욕을 하며 야구방망이를 들고 자리를 떴다.

한오가 화연을 쏘아보며 말했다.

"너, 조심해."

한오는 화연과 아이들을 쓱 훑어보더니, 내 쪽은 쳐다보지도 않고 표 교수를 따라갔다.

⌂

한바탕 폭풍이 지나간 뒤 나는 화연이 좋아하는 음료수와 찢어진 옷을 대신할 겉옷을 들고 화연의 방에 들렀다. 화연은 혼자 남아 승우의 구멍 난 신발을 꿰매고 있었다.

"애들은?"

"응, 위에. 한오 아저씨랑 교수님한테."

화연이 차분한 목소리로 대답했다.

"둘만 갔어?"

"응. 나도 같이 가려고 했는데 괜찮대. 수업도 하고 심부름할 것도 있나 봐."

내가 인상을 찌푸렸다.

"애들 좀 그만 부려먹지……."

화연이 신발에서 시선을 떼고 날 봤다.

"언니."

"응?"

"나 올라갈까?"

뜻밖의 질문에 나는 멍하니 화연을 쳐다봤다.

"올라가고 싶어?"

"아니."

"근데 왜?"

"그냥."

그러고 보니 이준규가 죽고 난 후부터 화연의 눈빛에 고민이 많아졌다.

"올라가는 길은 알아?"

내가 물었다.

화연은 어르신한테 들은 길이 있다고 했다. 내 방 위의 아치문을 지나 중간 길로 쭉 가면 나오는 나선형 계단을 올라가면 긴 복도가 있는데, 바로 왼쪽으로 꺾어서 한참을 걸어가면 한강으로 연결되어 있다고.

몰랐다. 필요한 물건을 가지러 아치문 쪽 터널로 자주 드나들었고, 미로 같은 길을 나름 꽤 멀리까지 탐험해봤지만, 나선형 계단 위로 올라갈 생각은 해보지 않았다. 그곳은 너무 가파르게 위를 향해 있었다.

"언니, 언니는 여기 내려온 거, 후회해?"

"아니."

"올라갈 생각 있어?"

"아니."

"난 가끔 해."

"……그 뒤로?"

화연이 나를 가만히 쳐다보다가 입을 떼었다.

"나 처음 가출했다가 집에 돌아갔을 때 말이야."

화연이 느리게 중얼거렸다.

"부모님이 나한테 어딜 길러준 은혜도 모르고 가출을 하냐면서 비난했어."

화연의 시선이 위를 향했다. 어르신이 방 천장을 멍하니 바라보던 것과 비슷하다고 생각했다.

"친언니가 있었는데 자살했거든. 언니는 나랑 달리 말 잘 듣고 똑똑했는데, 갑자기 죽어버리더라. 나는 대들다가 언니 죽고 나서 집 나왔어. 인정하기는 싫었는데 나오니까 개고생이더라. 차라리 언니처럼 집에서 죽을 걸 그랬나 봐."

가만히 덤덤한 목소리를 듣고 있자니 속이 쓰라렸다.

"10대 때는 어리다는 핑계라도 있었지. 내 인생 어디서부터 어떻게 고쳐야 할지도 모르겠는데 도와주는 사람 하나 없더라고. 가출 청소년 얘기는 많은데, 그 애들이 나중에 어떻게 되는지는 아무도 몰라. 결국 집으로 돌아가지 못한 애들은 어떻게 되는지 안 나와. 앞자리 딱 바뀌면 이제 해결해야 할 문제가 아니라 문제나 일으키는 쓸모없는 쓰레기라고 취급하나 봐. 다른 애들처럼 되는대로 막 살면서 하루가 멀다 하고 도망다니든지, 화연 언니처럼 어디론가 없어지든지, 둘 중 하나야. 사실 나한테 지하를 처음 알려준 것도 화연 언니였어. 하루하루 너무 힘든데, 계속 살기에는 남은 인생이 너무 길어서 죽어버릴까 하다가 내려온 거야. 근데, 근데…… 선아랑 승우는 더 길잖아."

화연의 눈에 눈물이 고였다.

"지상엔 저런 인간들투성이였어. 애들이라고 지 입맛대로 이용하고 휘두르려는 쓰레기들."

어르신도 비슷한 말씀을 했었다. 지상에 있든 지하에 있든 하던 짓 똑같이 한다고 했지. 화연의 시선이 천천히 내게로 향했다.

"나, 올라가면 이번에는 제대로 살고 싶어."

화연의 방을 나와 어르신을 찾아갔다. 어르신 얼굴을 보면 먹먹한 마음이 풀릴 것 같았다. 어르신께 무슨 일이 있었는지 털어놓고 조언이라도 들을까 했다. 하지만 어르신을 찾은 것은 나만이 아니었다.

물을 가득 채운 큰 페트병을 네 통이나 품에 안은 은혁이 나와 거의 동시에 어르신 방 앞에 나타났다. 둘 다 어색하게, 거의 스트레칭을 하는 듯한 움직임으로 인사했다.

"일이 많으니 다들 찾아오고 난리구먼. 둘 다 와서 앉아."

어르신이 구석에 쪼그리고 앉아 있다가 손짓했다. 은혁과 내가 들어왔는데도 자리가 평소보다 남는 듯해서 둘러보니 손수레가 없었다.

"무덤 하나 더 만드세요?"

"아니. 임한오 녀석이 빌려갔다."

어르신이 심드렁하게 대답했다.

"왜요?"

"몰라. 그 수도 공산지 뭔지에 필요하다고 가져갔는데."

"안 그래도 그 물 때문에 왔습니다."

은혁이 말했다.

"물이 왜?"

"그 공사가 정확히 뭔가요? 방금 물 채우고 오는 길인데, 구멍이 커진 것 같아서요. 무슨 파이프까지 꽂혀 있던데……."

은혁의 말에 의하면 샘 천장의 파이프에서 예전보다 훨

씬 많은 물이 쏟아지고 있었다. 물이 흙바닥에 고이지 않도록 심어둔 대용량 스테인리스 냄비도 가득 차 넘치려 했다.

"이제 알았어?"

"한참 안 가봤거든요."

"그래. 그 교수랑 한오가 물 더 편하게 쓰려고 뭐 고치고 설치한다더라."

"안 말리셨어요?"

"해봤자 내 말 듣지도 않을 텐데, 뭐. 알아서들 하겠지."

어르신은 무심하게 대답하면서, 또 무의식중에 손톱으로 상처를 내고 있는 내 손을 감싸서 제지했다.

"아주 다 뜯어라, 다 뜯어."

"죄송해요."

"너는 또 왜 마음이 그리 뒤숭숭해?"

어르신의 자글자글한 주름살을 가만히 바라보았다. 그 옆에서 빤히 나를 보는 은혁의 눈빛을 감지하고는 입을 다물었다. 은혁이 끙 소리를 내며 일어서 주섬주섬 페트병을 챙기다가 통 하나가 데구루루 굴러 내 발치에 부딪혔다. 주워서 이미 팔 위에 차곡차곡 얹혀 있는 다른 통 위에 조심히 얹어주다가 눈이 마주쳤다.

"아, 영도 어르신 드릴 거예요."

은혁은 처음 봤을 때도 양 씨 할아버지와 같이 있었고 다리가 불편한 양 씨 할아버지를 대신해 종종 같이 물을 길러 샘에 들르는 것을 봤었다. 나도 한참 보이지 않던 할아버지의 안부나 물을 겸 같이 양 씨 할아버지 방에 가기로 했다. 그럴 필요 없다고 하는 은혁에 말에 괜찮다고 대꾸하며 페트병 하나를 다시 집어들었다.

"요새 통 안 보이시던데. 잘 지내시죠?"

"아, 사실 저도 오래 못 봬서 물 드리는 김에 인사하려고 가는 겁니다."

내 방으로 오는 통로 반대편, 거의 직각으로 꺾인 곳으로 들어가면 얼마 가지 않아 양 씨 할아버지의 방이 있었다. 처음 가본 양 씨 할아버지의 방에는 딱히 살림살이라고 할 만한 것은 없었다. 플라스틱 바구니 안에 들어 있던 이불과 반쯤 뜯어진 베개가 옆으로 쏟아져 바닥에 나뒹굴고 있었다. 반쯤 찢긴 큰 우체국 택배 박스 안에 있던 옷가지와 라면 봉지, 참치 캔 몇 개와 한오에게 받아온 것 같은

약통, 빈 물통은 깔끔하게 정돈되어 있었다. 나와 은혁은 물이 가득 담긴 페트병을 빈 물통 옆에 가지런히 세워놓고는 말없이 빈방을 쳐다봤다.

"양 씨 할아버지 못 뵌 지 얼마나 되셨어요?"

"글쎄요……. 저희가 날짜를 세는 것도 아니니 모르겠습니다. 꽤 오래된 것 같기는 하네요."

조금 더 일찍 와볼걸 그랬나 보다.

"별일 없겠죠?"

내 물음에 은혁은 걱정스레 대답했다.

"이렇게 한참 안 보이신 것은 처음이긴 해서……."

"지상으로 가신 걸까요, 설마."

내가 화연과의 대화를 떠올리며 툭 질문을 던졌다. 지하에 들어올 때처럼 떠날 때도 예고 없이 조용히 갈 수도 있겠다 싶었고, 간다고 해서 말할 의무는 없었다. 하지만 갑자기 떠날 이유도 없어 보였는데…….

"그건 아닐 거예요. '여기가 내 집이다'라는 말을 입에 달고 사시던 분이라……."

오랜만에 지상에서나 느끼던 불안감이 엄습했다. 지하

에서 조용히 살 때, 아이들이 내려오기 전에는 잊고 있었다. 지상에서는 주위의 무심함 속에 방치된 사람은 살아남을 수 없다는 것을.

"혹시……."

"아니에요. 잘못…… 되셨으면 저희가 발견하지 않았을까요?"

내가 고개를 저으며 애써 부정했다.

3

나는 내 방의 벽을 보수하면서 한참을 지냈다. 처음 지하에 왔을 때처럼 터널에서 모은 이불과 담요, 두꺼운 코트로 아이들과 화연에게 떼어주고 비어버린 벽을 메웠다.

메우려고 했다. 전혀 집중이 되지 않았다. 예전에는 아무것도 하지 않고 멍하니 있거나 잠만 자도 마음이 평화로웠는데, 이제는 잡생각이 머릿속을 떠돌아다녔다. 벽을 고치는 와중에도 화연과 아이들 생각이 둥둥 떠다녔다.

가서 뭐 하게. 뭘 물어보게. 가지 말라고 붙잡기라도 하게? 내가 뭔데. 만나서 해야 할 일이나 나눠야 할 대화를 생각하면 답이 나오지 않았지만, 그래도 가봐야 할 것 같았다.

아니다, 그냥 보고 싶었다. 화연도, 아이들도. 벌써 가버렸을까. 나한테 인사도 없이.

설마 화연이 양 씨 할아버지를 설득해 아이들과 같이 떠나서 소식이 없는 건가. 나 대신 양 씨 할아버지와 함께 떠난다는 상상만으로도 서운해졌다가, 화연의 물음에 절대 떠나지 않을 것처럼 군 것이 생각났다. 나는 서운해할 자격조차 없다는 것을 깨닫고 더 우울하게 가라앉았다.

나도 같이 갈까. 하지만 그 생각은 아주 찰나였다. 난 치열해질 자신이 없었다. 예전처럼 포근한 이불 방에서 가만히, 조용히 있고만 싶었다. 도대체 언제부터 이렇게 바뀐 걸까? 이준규가 왔을 때? 표 교수와 한오가 왔을 때?

표 교수와 한오에 생각이 미치자 불현듯이 스쳐 지나가는 기억이 있었다. 예전에 뭔가를 본 것 같은데. 확인만 하자는 마음으로 기억이 이끄는 대로 발길을 돌렸다. 한편으로는 화연과 아이들을 보러 가는 것을 회피할 핑계가 생겨 은근히 다행이라고 생각했다.

지하의 장점은 일부러 건드리지 않으면 변하는 것이 거

의 없다는 것이다. 언젠가 너무 찢어져 있어서 가져가지 않은 신문 조각은 쓰레기 더미에 그대로 있었다. 듬성듬성 난 구멍 사이로 대학교수 비리 기사를 찬찬히 뜯어보았다. 연구비로 받은 돈 수천만 원을 유흥업소에서 쓰고, 학생들에게 명절마다 돈과 명품을 요구했다는 내용이었다.

너덜너덜한 종잇조각에 '표민일' 이름 석 자가 찢기지 않고 온전히 있었다.

"어이."

목소리에 깜짝 놀라 뒤돌아서니 한오가 있었다.

"……안녕하세요."

쓰레기를 뒤지는 척하며 종잇조각을 쓰레기 더미 깊숙이 찔러 넣었다. 찌그러진 맥주 캔으로 그 위를 가린 뒤 자리를 뜨려고 했는데, 한오가 옆에 따라붙었다.

"뭐 찾으러 온 거야?"

"아뇨, 그냥……. 안 그래도 애들 데리러 가는 중이었어요. 애들은요?"

"아, 애들 교수님 방에 있을 텐데."

"공부해요?"

"아니, 표 교수 한참 안 보이던데."

"네?"

"나도 찾고 있었어. 수도 공사를 빨리 마쳐야 할 거 아니야. 근데 하, 진짜 말도 없이 없어지냐."

한오가 한껏 짜증 냈다.

"갑자기요? 왜요?"

내가 방에 혼자 틀어박혀 있는 시간 동안 무슨 일이 있었나. 이제는 표 교수까지 사라지다니.

"몰라. 짐도 다 챙겨서 없어졌어."

한오가 나를 힐끗 보며 넌지시 물었다.

"그쪽은 뭐, 아는 거 없나?"

기사를 본 다음이라 조금 찔리기는 했지만, 무조건 고개를 저었다.

"위로 가셨을 수도 있죠."

내가 얼버무렸다.

"올라가지는 않았을걸."

"어떻게 아세요?"

"표 교수, 서울역에 있을 때부터 지상으로 잘 안 올라가려고 했어. 구리다고, 그 인간도. 경찰이든 뭐든 피해서 지하에 몇 년 조용히 썩다가 올라가려는 것 같던데. 혼자 안전하자고 사람들이 그렇게 서로 훔치고 뺏고 싸우고 하는 거 가만히 지켜만 본 인간이야. 싸움이 무서웠는지, 싸움 때문에 경찰 마주칠까 봐 무서웠는지, 먼저 서울역 뜨자고 한 것도 교수였는걸?"

한오가 머리를 긁적대며 대답했다. 이제는 표 교수에 대한 불만이란 불만은 다 쏟아내려는 작정인지 존경은커녕 예의를 차리는 척도 하지 않았다.

"길도 모르는데 어디서 헤매고 있을지."

한오가 내 눈치를 보더니 전혀 걱정이 담기지 않은 목소리로 덧붙였다.

표 교수가 왜 사라졌을까. 찰나에 온갖 생각이 들었다. 지하 생활이 갑자기 지긋지긋해서? 광장이 무너진 것 때문에 불안해서? 저번에 나랑 화연과 말싸움한 게 화근이 돼서? 수도 공사니 개미굴 확장이니 한다 해도 표 교수 기준에는 '살 만한 곳'이 못 될 것 같아서 떠났나? 아니면, 한오를 버리고 양 씨 할아버지와 함께 떠난 건가?

"양영도 할아버지요."

"어?"

한오가 의외의 이름에 놀라 되물었다.

"아뇨, 양 씨 할아버지도 안 보이시길래. 근데 짐은 방에 그대로 있는 것 같아서요. 혹시 교수님이랑 양 씨 할아버지랑 같이 무슨 얘기 나눈 게 있나 해서요."

"나야 모르지, 그 두 사람 사이 일은."

한오가 머리를 긁적이며 무심하게 대답했다.

"영감탱이, 그렇게 수도 공사를 해야 한다느니, 개미굴로 내려가야 한다느니 말하고서는……. 샘 봤지? 다 완성되고 이제 필터로 쓸 만한 것만 찾으면 돼. 애초에 다 교수가 아이디어 낸 건데 나만 시켜먹어요."

"네……. 한오 씨가 고생이 많으세요."

표 교수에 대한 불평과 장황한 설명에 나는 저번에 했던 말을 되풀이했다. 진심으로 고마운 건 아니었다. 한오가 일을 많이 한 건 맞으니까 조금 미안하기는 했지만.

"그렇지?"

가식적인 말에 한오의 얼굴이 순식간에 밝아졌다.

“사실, 나는 다시 올라갈 준비를 좀 하고 있었거든. 곧 갈 거야. 개발이니 뭐니 공사하느라 광장도 무너져가고 있겠다, 교수도 떠났겠다, 겸사겸사.”

“아, 네…….”

별로 놀랍지는 않았다.

“비상금도 조금 있어.”

시큰둥한 반응에 한오가 자랑하듯 품속의 낡은 갈색 지갑을 슬쩍 보여줬다.

“저거…….”

내가 지갑을 알아본 것을 알고 한오가 다급히 설명했다.

“아…… 그래. 사실…… 뭐, 원래 내 것은 아니고, 교수가 두고 갔어.”

한오가 나를 한참 보더니 말문을 열었다.

“나랑 같이 모은 거야, 같이. 서울역에 있을 때 사람들 짐을 좀…… 뒤졌다고 하긴 뭐한데, 아무튼 그거 좀 모아서 가지고 왔어. 나만 그런 것도 아니고, 거기 있는 사람들 다 그랬어. 그러다가 싸우고.”

내가 빤히 보자 한오가 괜히 말했나 싶어 우물쭈물 장황하게 변명을 늘어놓았다.

"아니……. 어차피 임자 없는 돈이잖아. 지하에서는 쓸모없지만……. 혹시나 다시 지상으로 돌아가게 되면 필요할 수도 있잖아. 준비성이 있는 게 나쁜 건 아니잖아? 막말로 내가 뭐 사람 죽인 것도 아니고……. 오히려 자기 일 아니라고 옆에서 싸우든 난동을 부리든 알 바 아니라고 한 교수가 더 나쁜 새끼 아닌가?"

"저 아무 말도 안 했어요."

한오의 표정이 조금은 밝아졌다.

"어후, 그래, 그래. 이해해줄 줄 알았어. 너라면 이해해야지. 하하."

"네."

"써먹을 사람한테 유용한 게 낫지. 아, 맞다. 저번에 애들이 종이 찾길래 명함이나 영수증, 복권 같은 거 내가 찾아서 쥐여줬다."

"아, 네. 감사합니다."

내가 다시 고개를 끄덕이고 걸었다. 한오는 길어지는 침묵에 입이 간지러웠는지 또 말을 걸었다.

"그럼 그쪽은 올라갈 생각 없어?"

"아뇨."

잠시의 망설임도 없이 말했다.

"왜? 그쪽은 아직 새 기회도 잡고, 다시 시작해볼 수 있지 않나? 젊잖아."

한오가 손을 휘적거리며 나를 위아래로 훑어보았다. 나는 모르는 척 몸을 살짝 틀어 한오를 반쯤 등지고 천천히 걸어갔다.

"같이 갈 생각 없어? 넉넉하지는 않지만, 비상금도 있으니까 며칠은 버티지 않을까 싶은데. 여기 교수 카드도 있어. 나름 번듯하게 교수라는 직장도 있었으니까 나중에 지상 올라가면 쓰려고 모아둔 돈도 꽤 있지 않을까?"

한오는 계속 따라왔다. 들러붙는 말은 더 불편했다. 저 지갑이 그렇게 유용하다면 과연 표 교수가 짐 챙기면서 지갑만 한오 쓰라고 얌전히 두고 갔을까 싶었다.

"음…… 글쎄요."

과연 다시 올라가는 것을 기회라고 부를 수 있을까. 어지러운 소용돌이에 잡아먹히는 것 같기만 했는데. 오히려 남편이라도 마주칠까 두려웠다. 간다면 어디로 갈 것이며, 뭘 해서 먹고살 것인가.

아이들이 처음 왔을 때, 아무도 아이들을 지상에 데려다 주는 일에 자원하지 않았고, 난 모든 사람의 마음이 다 나 같은 줄 알았다. 올라가는 것이 두렵다고. 그런데 한오는 무슨 마음의 변화가 있었길래 용기가 생긴 걸까. 처음부터 언젠가는 올라간다는 선택지가 있는 사람이었던 것일까.

"여기가 좋아? 더럽고 불편하지 않아?"

"한참 살아서 그런지 적응했어요."

"사람은 안 그리워? 친구나 가족이라든지."

그런 게 있었다면 내려오지도 않았다. 내게 친구는 존재하지 않는 유니콘 같은 것이었고, 가족은 가장 끔찍한 재앙이었다. 집이 못 산다, 눈을 이상하게 뜬다, 다리를 전다, 뭐든 친구를 만들지 못할 이유가 되었다. 가족은 마음에 들지 않거나 힘이 든다는 이유로 가장 먼저 때리고 욕하고 집어던지는 사람들이었다.

"그리운 것도 없어? 집이나 좋아했던 음식이라도."

이제는 집이라면 내가 직접 만든 이불 방이 제일 먼저

생각났다. 한오의 어떤 물음에도 딱히 할 말이 없었다. 그저, "없어요"라는 대답밖에.

"한오 씨는 왜 올라가고 싶으신데요?"

"아니…… 뭐…… 왠지 이제는 올라가서 잘 살 수도 있지 않을까 싶어. 다들 날 잊었겠지. 벌써 사망 신고하고 보험금 타먹었을지도 모르겠네. 그래도 돈만 있다면 어디 지방이라도 가서 새 출발할 수 있지 않을까?"

"그럴 수도 있죠."

"사실, 이렇게까지 오래 있을 생각은 아니었거든. 여간 불편한 게 아니잖냐. 더럽고, 잘 씻지도 못하고."

"오래 버티신 거네요, 그럼."

"그렇지?"

뿌듯해하는 한오의 말을 끝으로 난 입을 다물었다.

"음…… 아무튼…… 넌 올라갈 생각 없으면 길이라도 나한테 좀 말해줘. 그쪽이 나보다는 여기 지리 더 잘 알잖아. 어르신한테 들은 것이라도 있으면."

내가 대답이 없자 한오도 뻘쭘한 듯 입을 닫았고, 통로에는 발소리만 울려 퍼졌다. 저 멀리 광장에서부터 쾅쾅

거리는 공사 소리가 크게 들려왔다.

자연스럽게 길 모르는 한오를 방에 데려다주는 모양새가 되었다. 나는 한숨을 푹 쉬었다.

"여기서부터는 알아서 찾아가세요."

한오를 따돌린 다음 머릿속에서 쿵쿵 울려대는 두통도 가시게 할 겸 한 바퀴 돌아가려고 일부러 구석에 있는 복도 쪽으로 발걸음을 옮겼다. 문득 저 구석의 돌무더기에서 이상한 느낌이 들었다. 오래전에 찾았던 신문 조각까지 그대로일 만큼 변하지 않는 지하에서 무언가가 달라졌다. 익숙하지 않은, 예전과는 다른 돌무더기.

벌레가 발끝에서부터 순식간에 척추를 타고 머리끝까지 기어올라간 듯 온몸에 소름이 돋았다.

부들부들 떨면서 가까이 다가갔다. 익숙한 바지를 입은 뒤틀린 다리 하나가 돌무더기 사이로 삐죽 튀어나와 있었다. 창백한 팔에는 내 손목에 있는 것과 너무나도 비슷한 흉터가 새겨져 있었다. 엉킨 단발머리 아래로 핏기 없는 목에 덕지덕지 멍이 들어 있었다.

화연이었다.

역류

1

화연의 장례를 치렀다.

시신을 보고 그 자리에 굳은 듯이 서 있다가 와르르 무너져 내린 것만 기억이 났다. 숨이 잘 쉬어지지 않았다. 영혼이 몸에 붙어 있지 않고 들락날락하는 것처럼 기억이 조각나고 내가 뭘 했는지 인지하지 못했다. 기억 나는 거라고는 차마 화연을 만지지 못하는 나를 대신해 은혁과 어르신이 돌무더기를 치워 꺼냈다는 것. 화연을 감싸기 위한 천을 찾아야 한다는 말에 미친 듯이 내 방으로 달려가 망설임 없이 벽에 있는 이불과 담요를 모조리 뜯어준 것. 한오에게 손수레를 돌려받아 시신을 옮기고 무너져서 반밖에 남지 않은 광장으로 가 다른 수많은 무덤들 사이에 뉘였다는 것. 흙 나르는 것을 도와주겠다고 했다가 어르신이 한사코 말리는 바람에 멀찍이 서서 우는 아이들의 손을 잡고 있었다는 것.

화연의 장례는 그렇게 오래 걸리지 않았다. 여러 명이 작업하면서 중간에 쉬거나 멈추지 않고 바로 시신을 묶고 흙을 날랐다. 광장의 수많은 무덤 중 하나가 되어버린 화연 앞에서 조용히 묵념을 했다. 양 씨 할아버지와 표 교수는 여전히 보이지 않았다.

멍하니 화연의 무덤을 바라보는 동안 정신이 조금 돌아왔다. 우리는 묵념하고 있었지만 바로 위에서는 고막을 찢어버릴 듯한 굉음이 쾅쾅 울리면서 이따금 분진이 우수수 떨어져 무덤 위에 잿빛으로 얹혔다. 슬쩍 돌무더기 쪽을 바라봤다. 광장이 흔들리면서 작은 돌덩이가 굴러떨어졌지만, 아직 그 아래의 이준규 시신이 드러날 만큼의 진동은 아니었다. 그제야 나와 아이들, 그리고 화연이 이준규의 죽음 뒤로 처음 광장에 왔다는 것을 깨달았다.

훌쩍거리는 아이들의 손을 더 꽉 잡았다.

"이제는 여기다가 무덤 못 만들겠다."

어르신이 돌무더기 아래 뭉개진 흙더미를 슥 훑어본 다음, 화연의 무덤을 둘러보았다. 어르신은 어깨에 내려앉은 가루를 털어내고 자리를 떴다.

'이제 여기에는 못 만든다'는 것은 또 다른 곳에 무덤을 만든다는 말이다. 예전에는 누가 죽든 상관없었다. 심지어 시신에서 옷가지를 벗기고 매장했다. 화연이 죽고 나니 더 이상 여기서 누군가 죽는 게 끔찍했다. 그 생각에 실소가 나왔다. 아는 사람이 사라지고 나서야 끔찍하다고 느끼다니. 생각이 없는 것인지, 이기적인 것인지 죄책감이 들었다.

"괜찮겠냐?"

한오가 안쓰러움이 가득 담긴 목소리로 물어봤다.

몸에서 피가 빠져나가는 듯했다. 화연은 분명 지상으로 올라가려 했을 텐데, 나선 계단과는 정반대 방향인 광장 근처에서 발견되었다. 올라간다면서, 이번에는 잘 살아보겠다면서, 분명 그렇게 얘기했는데, 왜 저기서 저런 모습으로 있나.

사고가 아니었다. 목에 새파랗게 든 멍이 증명해준다.

누구 짓일까. 이준규도 없는데.

문득 없어진 표 교수가 생각났다. 사라진 양 씨 할아버지도. 설마. 아니야, 아닐 거야. 누구인지 알면, 찾아서 복수라도 하게? 머릿속이 복잡했다.

"힘드시면 아이들이라도 제가 데리고 있을까요?"

은혁이 물었다.

"아저씨랑 같이 있을래?"

한오의 물음에 옆에서 아이들은 고개를 세차게 저으며 내게서 떨어지지 않겠다는 듯이 꼭 붙었다. 나도 오히려 아이들과 떨어져 있으면 더 불안할 것 같았다.

"어르신이랑 같이 있으면 괜찮을 거예요."

내가 눈물 범벅인 승우의 얼굴을 닦아주며 대답했다.

"마음 잘 추슬러."

한오가 툭 내던진 말에 눈물이 고였다.

"왜 저렇게 저기 있는지……. 마지막에 봤을 때는 위로 올라간다고 했는데, 가서 잘 살았어야지……."

그 말에 두 남자가 모두 얼굴을 찌푸리며 놀란 표정을 지었다.

"위로 가는 길을 알았다고?"

놀란 듯한 한오의 물음에 내가 나선 계단에 대해 이야기 해줬다.

한오가 왜 이제야 말하냐는 듯 짜증 난 표정으로 나를 보았다. 한오가 화를 내려다 내 얼굴을 보고는 입을 꾹 다물었다. 한오는 아이들과 나, 은혁을 찬찬히 훑어보고 한숨을 쉬며 마른세수를 했다.

"길이 있다면…… 나도 준비 대충 해서 떠나야겠다."

"지상으로 가게요?"

내 물음에 선아와 승우가 눈을 동그랗게 뜨고 한오를 쳐다봤다.

"어. 말했잖아. 떠날 거야. 여기도 살 곳은 못 되네."

내 탓인 것 같았다. 망설이지 말걸. 회피하지 말걸. 괜히 주저하며 만나러 가지도 않다가 화연이 죽고 나서야 후회한다. 그제야 울음이 나왔다. 승우가 덩달아 울음을 터트려 서로 안고 같이 울었고, 오히려 선아가 작은 손으로 나와 승우의 등을 토닥거리며 조용히 울었다. 울음소리는 공사 소음에 파묻혀 잘 들리지도 않았다.

한오는 놀라서 입을 반쯤 벌린 채로 나와 아이들을 바라봤고, 은혁도 생전 처음 보는 표정을 지었다. 눈물을 펑펑 흘리면서 시선 둘 곳을 몰라 했다. 두꺼운 팔을 긁적대다가 손으로 얼굴을 비비기도 했다. 두꺼운 고동색 옷을 입은 은혁은 거대한 고구마가 안절부절못하는 것처럼 보였다. 어이가 없어서 잠시 피식 웃어버렸다가, 또 울었다. 몸 안에 있는 눈물이란 눈물을 다 쏟아내듯이.

은혁은 부둥켜안고 있는 아이들과 나에게로 가까이 와 옆에 털썩 앉았다. 아무 말도 하지 않고 조용히, 울음이 멈추길 기다려줬다. 한오는 어쩔 줄 몰라 하며 근처를 서성였다. 그러다 한숨을 푹 쉬고 은혁에게 손사래로 인사를 하더니 자리를 떴다.

울다가 지쳐 얼핏 선잠이 들었다.

무언가가 내려앉는 듯한 굉음과 함께 누군가가 조심스레 내 팔을 흔드는 바람에 눈을 떴다.

은혁이었다.

"이제 가는 게 좋을 것 같아요."

"아이들은요?"

내가 비몽사몽인 채로 아이들을 찾아 두리번거렸다. 아이들은 주머니에 있던 분필 몇 조각을 꺼내 화연의 무덤 근처 바닥에 그림을 그리고 있었다. 화연의 무덤 가장자리를 따라 빙 두른 작은 돌덩이들 위에도 구름과 꽃을 그려 놓았다. 지하에 사는 사람들과 방의 풍경까지 보였다. 긴 머리 치렁치렁하게 내리고 이불에 동그랗게 말린 나도 보였고, 몸집 큰 은혁과 허리를 구부정하게 숙이고 앉아 있는 어르신, 어르신 방의 탁자와 과자 더미도 보였다. 큰 배낭을 멘 표 교수는 한 손에 책을 들고 뭔가 가르치는 듯한 모습이었다. 삐뚤어진 안경을 쓴 한오 옆에는 가지런히 쌓인 상자들과 초록 모자를 쓴 양 씨 할아버지의 화난 얼굴도 있었다.

저 정도 그림 실력이면 미술을 가르쳐야 하나. 이런 상황에서 너무 말도 안 되는 생각에 헛웃음이 났다. 은혁은 내가 불편할까 봐 염려했는지, 날 깨우자마자 몇 발자국 떨어져 옅은 미소만 지었다. 은혁이 멍하니 아이들이 그림 그리는 것을 바라보았다.

"아이들을 좋아하시나 봐요."

내가 웃으며 말을 건넸다. 굳이 나와 멀리 떨어져 앉을 필요까지는 없었는데, 혼자서 아이들을 구경하는 모습을 보자니 괜히 미안해졌다.

"어……."

은혁은 간단하게 네, 할 수 있는 말에도 멈칫했다.

난 그 우물쭈물함이 어디서 오는지 알았다. 다른 사람들에게 내비치면 함부로 예단하면서 태도가 달라지거나, 안 좋은 뒷말이 나올 일로 가득한 사람들에게는 일상적이고 별뜻 없는 말도 사실대로 대답하기 곤란한 질문으로 바뀌기 마련이었다.

"아, 죄송해요. 그냥 한 말이에요. 워낙 잘 챙겨주시길래……."

"아니요. 그냥, 어…… 제 자식들 같아서요."

은혁의 입 안에서 맴돌던 말이 얼떨결에 튀어나왔다.

"사실 애들이 있었어요. 아들 하나, 딸 하나."

피곤한 나머지 생각을 거를 틈이 없었는지, 술술 대답이 나왔다. 아니면 항상 가슴을 짓누르고 있던 무게를 털어놓을 데가 어디든 필요해서, 은혁의 입을 비집고 토하듯 나왔는지도 모른다.

“집에 불이 났었어요. 애들만 있다가 못 빠져나왔어요. 저는 소방관이었는데, 출동했다가 사고 나서 은퇴했거든요. 그런데 보시다시피 이렇게 흉터가 덕지덕지 있으니까…….”

은혁이 익숙한 상처를 손가락으로 가리켰다.

“제대로 된 일자리를 잡지도 못했거든요. 알바 뛰면서 밤늦게까지 일하느라 애들을 혼자 둔 게 문제였죠.”

뭐라고 대답해야 할지 고민했다. ‘보고 싶겠어요’ 같은 말은 너무 무례하거나 은혁을 더 우울하게 만들지 않을까.

평범하게 산다는 건 참 어려운 일이었다. 전생에 큰 죄를 지어 그토록 어려운 인생을 살아야 했나. 다들 한 번씩 죽은 다음 내려오는 것 같았다.

“보고 싶네요.”

아무것도 물어보지 않았다.

“애네들이라도 보살피는 걸로 죗값 치른다고 생각하려 합니다. 그런다고 없던 일이 되는 것도 아니고 죗값도 다치를 수 있는 건 아니겠지만, 그래도요."

'얄팍한 자기만족'이라고, 분명 어르신이 그랬었다.

은혁이 팔을 벅벅 긁어댔다.

"부모가 돼서 해준 게 아무것도 없어요."

"안 좋은 것만 해준 것보다는 나을 것 같아요."

화연의 무덤 주위로 구름과 새가 꽃과 나무 위를 날아다녔다. 가장 높은 곳에는 태양도 동그랗게 떠 있었다. 화연은 하늘을 보고 싶다고 했었다. 기이한 광경이었다. 화연이 좋아할 것 같았다.

2

저수지에서 샘으로 내려가는 구멍 근처에 도착했을 때도 쿵쿵대는 소리가 희미하게 들렸다. 먼저 샘으로 들어온 은혁과 내가 아이들이 미끄러져 내려오는 것을 도와주었다. 파이프에서 콸콸 쏟아진 물이 바닥에 단단히 박힌 스테인리스 냄비로 흘러갔다. 정말 샘처럼 보였다.

살 만한 곳으로 만들겠다더니. 공사를 하면 뭐 해. 사람은 죽었고, 다들 먼저 떠나버린다.

"괜찮으시겠어요?"

은혁이 물었다. 한오와 같은 질문이었지만 조금 더 조심스러운 목소리였다.

"괜찮아요. 어르신도 있고."

어차피 아이들과 함께 샘 바로 근처의 화연이 방으로 갈 생각이었다. 내 방은 이미 벽에 붙인 이불이며 담요를 다 뜯어놓은 상태인 데다가, 거기까지 걸어가기에는 너무 지쳐 있었다.

"그럼, 쉬세요."

은혁이 고개를 까딱하더니 자기 방으로 갔다.

은혁한테도 괜찮냐고 물어볼걸 그랬나. 좋은 사람인 것 같았는데.

하지만 은혁까지 신경 쓰기에는 아이들이 너무 불안해하고 있었다. 승우는 손톱을 입으로 물어뜯다가 피가 났고, 선아는 그런 승우를 말리느라 동생 손을 꼭 잡고는 퉁퉁 부은 눈으로 내 옆에 꼭 붙어 걸었다.

괜찮다고, 어디 아프거나 불안한 것 있으면 얘기하라고 어르고 달래도 아이들은 괜찮다는 말만 반복하며 입을 꾹 다물고 울적해했다.

어르신이 찾아와서 아이들을 달래고 같이 책을 읽어줬다. 은혁은 멀리 떨어진 자신의 방으로 가지 않고, 거의 샘에서 먹고 자며 나와 아이들에게서 눈을 떼지 않았다.

얼마 지나지 않아 한오가 큰 가방을 메고서는 개미굴로 찾아왔다.

"나 간다. 인사는 해야 할 것 같아서."

"지상으로 가세요?"

"그래야지."

한오는 은혁과 함께 통조림을 까먹던 나와 아이들을 슥 훑어보더니, 어르신에게 인사하고 간다며 휙 사라졌다. 선아와 승우는 조용히 먹기만 했다.

참 허무했다.

"언니."

선아가 나지막이 부르는 소리에 잠이 깼다.

"응? 왜?"

일어나 보니 승우는 선아를 말리듯 팔을 붙잡고 있었고, 선아의 얼굴은 불안해 보였다.

"누나아……."

"이제 없으니까 괜찮아."

선아가 단호하게 승우를 타일렀다. 나는 벌떡 일어나서 무슨 일인지 물었다. 선아가 이런 목소리로 나를 부른 것이 화연의 장례 후로 처음이었다.

"나 좀 따라와줘요."

"어딜?"

"화연 언니 무덤."

"갑자기 가고 싶어?"

선아가 입을 앙다물고 고개를 끄덕이며 내 팔을 잡아끌었다. 왜 그러는지 먼저 물어보고 싶었지만, 아이들의 얼굴을 보고는 군말 없이 일어났다. 샘에 있던 은혁이 무덤에 간다는 말에 조용히 따라나섰다. 선아와 승우는 은혁을 보고 잠깐 고민했지만, 말리지 않았다. 우리는 터널로 올라갔다.

화연의 죽음에 대해 아이들이 뭔가 알고 있을지도 모른다는 생각이 들었다. 아무래도 마지막까지 같이 있었을 테고, 화연이 아이들에겐 지상으로 올라갈 계획을 말해줬을 테니까. 그동안은 나도 정신이 반쯤 나가 있었던 데다, 아이들이 불안해하고 있어 물어볼 엄두를 내지 못했다.

사실은 회피한 것이다. 지상에서도 뭐가 되었든 간에 나의 힘듦을 먼저 생각하며 여러 핑계를 대고 미루어왔다. 일이 터지면 그제야 후회하곤 했는데, 여기서도 똑같은 것을 보면 나는 아무것도 바뀐 게 없었다. 화연과 선아는 늘 나와 달랐다. 독한 건지 용감한 건지, 좋은 건지 나쁜 건지 판단이 서지 않았다.

시끄러운 광장에 도착하자마자 화연의 무덤으로 바로 갈 것이라는 예상과 달리 아이들은 무너지지 않은 쪽에서부터 무덤의 개수를 세기 시작했다. 왼쪽 구석에서부터 네 번째, 아래로 열아홉 번째. 화연의 무덤 바로 윗줄 마지막 무덤. 선아가 승우의 손을 끌고 그 무덤으로 다가갔다. 승우는 잠깐 나와 은혁을 보다가 바닥으로 시선을 떨구고 누나를 따라갔다.

아이들은 쪼그리고 앉아 무덤의 흙을 파기 시작했다. 나와 은혁이 놀라서 뛰어가 아이들을 말렸다. 헤집은 곳 밑에서 초록색 새마을운동 모자가 얼핏 보였다.

“할아버지는 약 받으러 한오 아저씨한테 찾아갔다가 쓰러졌어요.”

“무슨 약?”

“맨날 먹는 약이래요. 나도 몰라요.”

한오도 본인 입으로 말했었다. 지병이 있어서 진통제 같은 것 주고 있었다고.

“교수님이 아저씨한테, 네가 약 잘못 먹여서 죽인 거라고 소리 지르면서 싸웠어요. 아저씨가 어차피 아무도 상관 안 한다고, 안다고 해도 사고인 줄 알 거라고 했어요.”

“여기 경찰이 있는 것도 아니고, 알아도 누가 우리 탓하겠냐고 했어요.”

승우가 거들었다.

“계속 싸우다가 교수님은 여기 더 이상 못 있겠다고 하면서 갔어요. 짐 싸서 간다고.”

“어디로?”

“위로요. 쓰레기 같은 범죄자들이랑 더 못 살겠다고.”

선아가 덤덤하게 말했다.

"그러고는?"

"한오 아저씨랑 나랑 승우랑 같이 할아버지 데리고 여기에다 무덤 만들어줬어."

한오가 공사를 핑계로 한참이나 손수레를 가져가 썼던 것이 기억났다.

"이게 너네가 했다던 심부름이야?"

아이들이 고개를 끄덕였다.

"왜? 도대체 왜 너네가 그걸 같이 해? 화연이나 나한테 말했어야지."

내가 역정을 냈다.

"죽인댔어."

승우가 훌쩍였다.

"아저씨가…… 말해도 죽인댔고…… 안 도와줘도 죽인댔고……."

"그리고 우리가 말하면 자기도 다 말해버린댔어요. 위에 올라가서 경찰 불러온댔어요."

선아가 말을 보탰다.

"뭐를?"

선아가 은혁과 이준규의 시신이 있는 곳을 차례로 힐끔 바라보더니 말했다.

"나랑, 승우랑, 화연 언니랑. 아빠 밀어버린 거."

선아가 겁먹은 얼굴로 나를 올려다봤다. 곧 벌받을 거라는 것을 아는 아이처럼 큰 눈으로 날 올려다보며 자신의 옷자락을 꽉 쥐고 있었다. 마치 내가 이준규처럼 때리기라도 할 거라 생각했는지 잔뜩 얼어 있었다. 승우가 울음을 터트리며 내게 엉겨 붙었다.

"누나아. 우리 미워하지 마."

승우가 엉엉 울며 내 허벅지에 얼굴을 박고 바짓가랑이를 붙들었다. 선아는 차마 내게 다가오지는 못하고 우물쭈물하며 눈에 눈물이 가득 고인 채로 바라보기만 했다.

"나쁜 짓 이제 안 할게……."

승우가 얼굴을 파묻고 웅얼거렸다.

"잘못했어요……."

승우는 정말 가슴 아프게 약았다. 항상 매달고, 붙잡고, 애걸복걸하고. 하지만 그것만이 이 아이의 생존 방식이었을 것이다. 선아가 침묵을 지키고, 눈치를 보고, 눈물 한 방울 떨어트리지 않고, 죽을힘을 다해 자신의 가치를 증명하려 노력하는 것처럼.

은혁의 얼굴이 험악하게 일그러졌다.

"아이들 아버지 일, 어떻게 된 건가요?"

"사고였어요."

내가 거의 반사적으로 대답하며 힐끗 이준규가 있는 돌무더기를 바라봤다.

"한오 아저씨는 어떻게 알았는데?"

은혁이 달래듯 아이들에게 물었다.

"봤대요. 그때…… 교수님이랑 공부 다 하고 내려오다가 만났는데, 화연 언니가 소리 지르는 거 들려서 와봤다고……."

그때 나만 보고 있었던 것이 아니었다. 한오도 어디선가 숨어서 보고 있었다. 속이 뒤틀렸다. 토할 것만 같았다.

"그래서 할아버지 무덤 만들고…… 쓰레기 치우게 시키고, 방 청소도 시키고…… 교수님 지갑도 가져와달라고……."

"지갑을 훔쳐줬어?"

아이들이 고개를 끄덕였다.

"그러고는 무서워서 아무 말 안 한 거야? 시키는 대로 해주면서?"

내가 절망적으로 물어봤다.

"화연이는?"

"화연 언니가 우리 몰래 따라왔었어요. 그러다가 할아버지 묻는 거 보고는⋯⋯ 어떻게 된 건지 물어봐서 그때 다 얘기했어요."

"그래서?"

"울었어요. 많이."

숨 쉬기가 어려울 정도로 머리가 아파왔다.

"그러고는 위로 올라가자고 했어요. 도망가자고."

화연은 나한테도 물어봤었다. 위로 올라갈 마음 없냐고. 제대로 살아보고 싶다고. 이용당하고 휘둘리는 것이 너무 싫다고. 그때였나 보다. 왜 몰랐을까. 나는 그저 표 교수와 싸워서 속상한 마음에 하는 말이라고 생각했었다.

"우리가 지갑 훔쳐서 도망가자고 했어."

승우의 대답에 등골이 서늘해졌다.

"그래서, 훔쳤어?"

"나랑, 누나랑, 화연이 누나랑 셋이서 갔는데, 근데……."

선아가 말끝을 흐렸다. 선아의 얼굴이 일그러지며 눈물이 고였다.

"들켰구나."

내가 대신 말을 끝맺었다. 선아가 고개를 끄덕였다.

철근이 무너지며 깡 하는 소리가 들렸다. 깜짝 놀라 아이들에게서 시선을 뗀 나는 반대쪽 통로에서 눈부신 손전등 빛이 가까이 다가오는 것을 봤다. 서둘러 아이들을 데리고 벽에 붙어 숨을 공간을 찾았다. 양 씨 할아버지 무덤 옆 구석에 큰 시멘트 덩어리가 쌓여 있어, 다행히 그 뒤로 숨을 수 있었다.

표 교수가 커다란 배낭을 메고 손전등을 휘저으며 걸어왔다. 마지막으로 봤을 때보다 훨씬 초췌했다. 지하 길을 오랫동안 헤맸는지 충혈된 눈에 반쯤 정신이 나간 것 같았고 피로로 가득 차 있었다. 머리도 헝클어져 휑한 뒷머리가 그대로 보였다. 손에는 녹슨 야구방망이를 들고 있었는데, 아랫부분이 온통 긁혔고 새까맸다.

표 교수는 미친 사람처럼 무덤 사이를 두리번거리다가, 아이들이 화려하게 장식해놓은 무덤을 알아보고는 뛰어가 파기 시작했다.

순간적으로 뛰쳐나가 소리 지를 뻔했지만, 옆에서 은혁이 붙잡았다. 선아와 승우도 덩달아 일어나려 하기에 입을 틀어막고 조용히 고개를 저었다.

표 교수는 뭐라고 중얼중얼거리며 화연의 돌돌 싸맨 시신이 드러날 때까지 무덤을 한참 파헤쳤다. 그러더니 천을 잘 여며놓은 끈을 우드득 뜯었다. 나는 머리끝까지 화가 치밀었다. 마침 표 교수의 목소리가 내 귀에까지 들리지 않았더라면 은혁의 팔을 밀쳐내고 뛰어나가 멱살을 잡았을지도 모른다.

"없어, 없어…… 없어! 분명 이년이 가지고 있을 텐데!"

그때 손전등 빛이 표 교수를 비추었다.

"그래, 여기 올 줄 알았지."

표 교수의 뒤에서 한오가 나타났다. 표 교수는 귀신이라도 본 듯 놀라면서 야구방망이를 높이 치켜들고는 광기 어린 눈으로 노려봤다.

"이 살인마 새끼가……."

"입 조심해, 미친놈아. 내가 안 죽였어."

두 사람은 서로에 대한 역겨움이 섞인 욕설을 이제까지 어떻게 참았나 싶을 정도로 쏟아내며 으르렁댔다.

"죽인 게 아니면 뭐냐?"

"말 똑바로 해. 떨어져서 죽은 거야, 떨어져서."

"네가 목 조르면서 죽이려는 거 뿌리치고 도망가다 떨어진 거잖아? 어찌 됐든 너 때문에 죽은 거면 인정해야지. 변명만 늘어놓지 말고."

"이래라저래라 하지 말지? 돈 때문에 이제까지 봐주면서 고분고분 따랐더니, 지가 정말 잘난 줄 아나. 여기 지하에서도 교수 노릇 할 수 있을 것 같았나 봐?"

한오가 실컷 비웃으며 표 교수의 처참한 몰골을 위아래로 찬찬히 뜯어봤다.

"역시 서울역에 버리고 왔어야 했어. 너같이 쓸모없는 새끼는 할 수 있는 것도 없잖아? 입만 살았지 자기 먹을 것도 잘 못 찾으면서 몇 년씩 버티기는 무슨……."

"닥쳐!"

표 교수가 야구방망이를 휘둘렀다가 제힘을 못 이기고 휘청거렸다. 한오가 낄낄대며 웃었다.

"여기서도 못 나가고 헤매기만 했네. 나 무서워서 돌아오지도 못하고."

"그래, 내가 잘못 생각했다. 같이 다니는 게 아니었어. 서울역에서 네가 돈 훔치다가 들켜서, 사람들 패고 쫓겨났을 때 바로 손절했어야 했는데……."

"너는 안 훔쳤냐? 나보다 더한 놈 아니었어? 혼자 고상한 척은 다 하기는."

씩씩대는 표 교수를 향해 한오가 의기양양하게 소리쳤다. 표 교수는 한오를 무서워하면서도 분에 못 이겨 씩씩대며 노려봤다.

"지갑만 얌전히 내놔. 저년이랑 싸우는 동안 들고 튄 거 다 알고 있어. 난 이제 올라가는 길 알거든. 지갑만 내놓으면 데리고 올라가줄 수도 있는데. 아, 가기 싫으려나? 아직 사람들 눈 피해서 숨어 있어야 되는 범죄자 새낀데?"

표 교수가 방어적으로 야구방망이를 휘두르다 한오의

말에 혼란스러워하며 멈칫했다.

"무슨 소리야! 애초에 네가 내 방 뒤져서 훔쳐간 걸 얘가 가져갔으니 죽인 거 아니었어?"

한오도 무슨 말인지 모르겠다는 듯 미간을 있는 힘껏 일그러트렸다.

"뭐라는 거야? 사람들이 바로 묻어버려서 숨겨놓은 지갑 못 찾는 바람에 아직 안 떠난 줄 알았는데……."

우르릉.

철근이 무너지며 곧 천둥이 치는 것처럼 드릴 소리가 울려 퍼졌다. 그 순간 한오와 표 교수가 싸움을 멈췄다. 나와 은혁은 아이들을 조심스레 내려다봤다. 선아가 눈을 몇 번 깜빡이며 고민하더니 목도리를 들추고 재킷 안주머니의 지갑을 슬쩍 꺼내 보였다.

"방에서 나오는데 아저씨 오니까 화연 언니가 우리한테 줬어요. 바로 도망가라고 했어요."

선아가 소근대며 귓속말하자 숨이 턱 막혔다.

"왜 그대로 안 도망갔어? 시킨 대로 지상으로 가지."

내가 채근하자 선아가 눈을 깜빡거리며 당연하다는 듯

이 대답했다.

"언니는 아직 여기 있잖아요."

3

화연을 다시 만나면 물어보고 싶다. 왜 말 안 했어? 왜 나한테까지 숨겼어? 내가 그렇게 믿음을 못 줬니? 내가 널 지켜주지 못할 것 같았니? 나라고 딱히 뾰족한 수가 없을 테니 말해봤자 소용없다고 생각했어?

다시 만나면 실컷 화연의 탓을 하고, 다 물어보고 싶지만 다신 만날 수 없었다. 뭐가 되었든 살아 있어야 할 수 있는데, 화연은 이제 없었다. 하지만 물어보지 않아도 알고 있다. 저 모든 질문의 답은, 응, 맞아, 라는 것을.

나는 아무것도 못했을 것이다. 아니, 아무것도 하지 않으려고 했다. 나보다 화연이 나를 잘 알고 있었다. 아이들도 다 알고 있었다. 내 모른 척, 아닌 척을.

내 아이가 죽고 나서야 도망쳐 나왔듯이, 이번에도 화연을 잃고 나서야 발걸음을 떼어 뭐라도 하는구나. 죽음이 찾아온 뒤의 늦은 발버둥은 후회만 가득하다. 그런데도 아이들은 날 버리지 않고 곁에 있어줬다. 내가 아이들을 지켜준 게 아니라, 아이들이 내 곁에 있어줬던 거다.

지갑 안에는 표 교수의 신분증과 함께 노란색, 초록색 지폐와 카드 몇 장이 있었다. 언젠가 한오가 넌지시 이 돈이면 지상으로 올라갈 만하지 않냐고 물어본 것이 기억났다. 하지만 겨우 이 돈으로 뭘 할 수 있을까. 밥 몇 끼? 찜질방 며칠? 이 카드로 정말 물건을 살 수나 있을까? 쓸 수 있는지 없는지도 모를 카드 몇 장과 현금 몇십 만원 가지고 이 난리라니. 어이가 없었다.

하지만 지상에 있었을 때를 생각하면, 또 이해가 안 가는 것도 아니다. 고작 몇 푼이라도 절실했던 적이 있었으니까. 그것조차 없어서, 고작 그런 푼돈을 붙잡으려고 애쓰는 나 자신이 너무 비참하고 한심했던 적이 있었으니까.

무엇보다 한오는 표 교수가 숨겨둔 돈이 꽤 될 거라 생각했던 모양이다. 이 카드도 어떻게든 써먹으려고 했던 것 같다. 저 둘이 오기 전에는 돈이란 것 자체를 까맣게 잊고 지냈다. 목숨 걸고 으르렁대는 둘을 보니 새삼 위에서는 돈이 얼마나 중요했는지, 돈에 얼마나 시달렸는지 기억났다.

살벌한 눈으로 표 교수를 노려보는 한오가, 얼마 전까지만 해도 슬픔 가득한 표정으로 화연의 장례를 치렀던 것과 걱정 가득한 목소리로 괜찮냐고 물어본 것이 생각났다. 신물이 역류해 토할 것 같은 것을 간신히 밀어냈다.

우지끈 소리가 한 번 더 들리더니, 뭔가 터지는 듯한 소리와 함께 무너진 돌무더기 쪽에서부터 천장이 쩌적 하고 갈라졌다. 몇 갈래 균열은 반대쪽 벽까지 순식간에 닿았다. 큰 돌덩이가 와르르 쏟아지더니 우리가 숨어 있던 기둥이 덜컥 내려앉았다.

승우가 놀라 비명을 질렀다. 본능적으로 선아를 감싸 안고 최대한 기둥에서 멀리 떨어졌다. 은혁도 승우를 안고 최대한 멀리 빠져나왔다. 바닥까지 흔들리는 바람에 넘어진 표 교수, 그리고 간신히 벽을 붙잡고 있는 한오와 눈이 마주쳤다.

한오는 놀란 눈으로 우리를 바라보다가 씩 웃더니 오른손을 아이들 쪽으로 뻗어 손바닥을 보였다. 지갑을 내놓으라는 제스처였다. 아이들은 나와 은혁의 눈치를 봤다. 표 교수는 야구방망이를 지지대 삼아 몸을 일으키고는 아이들 쪽으로 다가오려 애쓰고 있었다. 속이 부글부글 끓고 온몸이 떨렸다.

"뭐 하는 짓이야."

내가 한껏 가라앉은 목소리로 물었다. 은혁과 아이들이 처음 듣는 내 목소리에 놀라 나를 바라봤다. 나도 내 화난 목소리에 놀랐지만, 지금은 그게 중요한 게 아니었다. 한오가 한껏 인상을 찌푸렸다.

"화연이,"

한오가 내 쪽으로 다가오려다 멈칫했다.

"네가 죽였어?"

"사고야."

사고라니.

아, 다들 똑같아.

화연이 했던 말이 그대로 돌아오자 나는 이성을 잃었다.

나는 괴성을 지르며 한오에게 달려들었다. 전쟁이라도 난 듯 온 광장이 흔들렸지만 상관하지 않았다.

처음이었다. 스스로에게만 상처를 내던 손톱을 다른 사람을 향해 세우면서 할퀴는 것은.

이상한 일이었다. 오히려 내가 얻어맞고 괴로울 때는 나만 갉아먹었는데, 화연과 아이들의 괴로움에는 맞설 수 있다는 게. 어르신이 보면 이것도 얄팍한 자기만족이라고 하겠지.

그래. 그럴 수도 있다. 하지만 뭐, 그래서 어쩌라고.

"이거 놔! 미친……. 왜! 도대체 왜! 얘도 나도 똑같이 사고였는데! 그런데 왜 나만 가지고 그러는데!"

한오가 떼쓰듯이 소리를 질렀다. 내가 덤빌 줄은 몰라 당황했는지 휘청하며 넘어졌다. 얽히고설켜 내 손톱에 손을 긁히자 한오가 내 얼굴을 내리쳤다. 한오에게 맞은 나는 나가떨어졌다.

순식간에 일어난 일에 다들 어찌할 바를 몰라 했다. 은혁이 나뒹구는 나를 붙잡아 일으켰다. 선아가 옆에 있던 꽤 큰 돌멩이 하나를 집어들고 한오에게 힘껏 던졌다. 돌멩이에 맞은 한오는 억 소리를 내며 휘청였지만, 곧 아무렇지 않게 일어섰다.

"저게……."

표 교수는 한오가 아이들에게 다가가자 눈이 뒤집혀서 미친 사람처럼 달려왔다.

"목 조른 게 어떻게 사고야?!"

내가 비명을 질렀다.

"그년이 먼저 내 돈을 훔쳤다고! 그건 정당방위였어, 정당방위!"

그 말에 선아와 승우가 처절하게 괴성을 질렀다. 당황한 한오는 살짝 뒷걸음질쳤다.

"재밌네. 누구는 운 좋게 안 들킨 것뿐인데 괜찮고, 나는 재수가 없으려니까 이딴 취급이나 받고."

한오는 화를 내며 아이들에게 성큼성큼 다가왔고, 나와 은혁은 아이들 앞을 가로막았다.

"꺼져. 지갑만 내놓으면 이 거지 같은 곳에서 알아서 기어 나갈 테니까."

그때 표 교수가 선아의 손을 향해 달려들었다. 동시에

둔탁하게 쾅 소리가 들리더니 천장이 다시 무너지기 시작했다.

"선아야, 던져!"

내 고함을 듣고 선아가 지갑을 저 멀리 던졌다. 바닥에 떨어진 지갑은 저수지로 이어진 통로 근처까지 미끄러져 갔다. 표 교수와 한오는 동시에 몸을 날렸다. 먼저 지갑을 낚아챈 표 교수는 쫓아오는 한오를 피해 통로로 전력을 다해 질주했다. 갈라진 천장에서 내 방 크기만 한 시멘트 덩이가 쿵 하고 내려앉았다. 우리 옆에 높이 쌓여 있던 돌무더기가 와르르 무너지기 시작했다. 머리 위에서 흙과 가루가 우수수 쏟아지더니 돌멩이들이 마구 떨어졌다. 지구가 뒤집힌 채 지진이 일어나는 것 같았다.

나는 승우를 품에 안고, 은혁은 선아의 손을 잡았다. 휩쓸리듯 가장 가까운 통로, 한오와 표 교수가 사라진 저수지 쪽 통로로 뛰어갔다.

썩어가는 이준규의 손이 무너진 잔해 사이로 빼꼼히 드러나 있었다.

통로를 빠져나와 절벽같이 가파른 계단 꼭대기에 섰을

때, 몇 칸 바로 밑에서 옥신각신하는 표 교수와 한오가 보였다. 표 교수는 한 손으로 한오의 멱살을 잡고 다른 손으로 한오의 손에 들린 지갑을 억지로 뺏으려 하고 있었다.

한오가 휙 돌면서 표 교수의 손을 뿌리치는 순간, 표 교수가 휘두른 야구방망이가 내 코앞으로 스쳤다. 품에 안은 승우의 머리를 손으로 감싸고 살짝 몸을 틀었다. 다친 다리가 좁은 공간에서 중심을 잃고 휘청거렸다. 발뒤꿈치가 난간에 걸쳐지면서 몸이 뒤로 기울었다. 반사적으로 안고 있던 승우를 은혁과 선아 쪽으로 밀쳤다.

떨어지는 찰나에 한오와 표 교수가 계속 싸우는 것이 보였다. 한오는 표 교수에게 잡힌 멱살을 세게 뿌리쳤다. 그 반동 때문에 계단 밖으로 밀려난 한오가 다급하게 표 교수의 야구방망이를 부여잡았지만, 함께 끌려오던 표 교수는 본능적으로 야구방망이를 놔버렸다. 한오가 야구방망이를 끌어안은 채로 둔탁한 소리를 내며 돌덩이에 한 번 부딪히더니, 나와 함께 저수지의 새까만 물속으로 거대한 풍덩 소리를 내며 떨어졌다. 하얀 거품이 높이 솟아올랐다.

4

풍덩!

차가웠다. 머리 위로 하얀 거품이 일고 곧 잔잔해졌다. 꼬르륵 소리와 함께 눈앞에서 공기가 동그랗게 방울져 위로 올라갔다.

숨을 쉴 수 없었지만 곧 편안해졌다. 깜깜한 어둠 안으로 가라앉으며 푸르고 새까맣게 일렁이는 공간을 보고 있자니 그렇게 고요하고 편안할 수 없었다. 차가운 물이 공기보다 무겁게 내 몸을 감싸 안아줬다. 처음 지하에 내려왔을 때 같았다.

아, 이대로 눈을 감았으면.

이대로 아무 걱정 없이, 아무 생각 없이, 아무 저항 없이 편하게, 한없이 아래로 가라앉았으면.

눈을 감으려는데 저 멀리서 나를 부르는 소리가 들렸다. 그 소리에 정신이 번쩍 들었다.

한오보다 먼저 올라가야 했다. 휘적거리며 위로 올라가려 안간힘을 쓰는 한오의 모습과 온몸을 때리면서 휘몰아치는 잔거품이 이성을 차리게 해줬다.

힘껏 발버둥쳤다.

물 밖으로 나오자 단숨에 냉기가 몰려왔다. 크게 숨을 들이쉬면서 콜록거렸다. 표 교수가 당황한 얼굴로 안절부절못하면서, 가장 멀리 있는 저수지의 다른 입구로 뛰어 도망쳤다. 손에 지갑을 꼭 쥐고 있었다.

은혁과 아이들이 종종걸음으로 계단을 내려왔다. 아이들을 수로 한쪽에 세워놓은 은혁이 허옇게 거품을 문 저수지로 다가와 손을 뻗어줬다. 그때 한오가 거칠게 숨을 내뱉으며 수면 위로 솟아올랐다. 한오는 입술이 새파래진 채로 오들오들 떨고 있었고, 떨어지면서 어깨를 다쳤는지 피가 묻어 있었다. 오른손에는 아직도 야구방망이를 꽉 쥐고 있었다.

한오가 먼저 나에게 내민 은혁의 손으로 다가갔다. 내가 손을 뻗어 은혁의 팔을 잡는 순간 한오도 허우적대다가 덥석 은혁의 팔을 잡아당겼다. 그 바람에 은혁도 물속으로 빨려 들어갈 뻔했지만, 간신히 버텨 두 사람을 다 반쯤 물속에서 끌고 나왔다. 한오는 나보다도 먼저 올라와서는 바닥에 웅크린 채 끅끅대며 눈물을 흘렸다. 한오는 물에 젖어 얼어버린 머리칼을 쥐어뜯다가 휙 고개를 들어 아이들을 노려봤다.

"저거…… 여기……."

파르르 떠는 입술은 단어를 제대로 내뱉지 못했지만 대충 욕이라는 것은 분명했다. 그게 표 교수 욕인지 아이들 욕인지 둘 다인지는 정확하지 않았지만.

"내놔……. 이리 와……. 너네 때문에……."

한오가 야구방망이를 휘두르려고 했다.

"내가…… 가더라도 저것들은 죽이고 가야겠어."

"어르신 방으로 가. 얼른!"

벽을 짚고 올라오면서 아이들한테 소리쳤다. 아이들이 증오와 두려움으로 굳은 틈을 타 한오가 야구방망이를 짚고 일어나 아이들에게 달려들었다.

"얼른!"

은혁이 소리치며 한오의 팔을 잡았다. 둘이 몸싸움을 하는 와중에 한오가 물에 젖은 가방 무게를 이기지 못하고 한 바퀴 휘릭 돌면서 은혁의 머리와 목을 야구방망이로 강타했다. 은혁의 얼굴에서 피가 흘렀다. 은혁이 비척거리면서도 한오를 붙잡아 당겼다. 둘은 물속으로 빠졌다.

"은혁 씨!"

허우적대는 두 남자를 향해 소리 질렀다. 은혁이 한오의 야구방망이를 간신히 붙들었지만, 한오는 야구방망이를 놓고서는 은혁의 머리를 두 손으로 꾹 눌러 수면 위로 솟아올랐다.

은혁의 흉터 가득한 손만이 수면에서 파닥대고 있었다. 내 착각인지, 은혁이 의도한 건지는 모르겠지만 그 손은 내게 어서 가보라는 듯 까딱대는 것 같았다. 물속으로 뛰어들까 고민했다. 그 멈칫거리는 찰나는 항상 그래왔듯 후회를 불러왔다. 은혁은 순식간에 손가락 끝까지 수면 아래로 잠겼고, 한오는 엄청난 물보라를 일으키며 빠져나왔다. 한오는 딱딱한 수로 벽을 붙잡고 얼어 있는 무거운 몸을 일으키려 안간힘을 썼다.

나는 스스로를 저주하며 개미굴로 내려가는 구멍을 찾았다. 정신없이 두리번거리다 아이들의 흙 묻은 발자국이 헨젤과 그레텔의 빵가루 흔적처럼 늘어진 것을 발견했다. 그 흔적은 개미굴 구멍으로 이어져 있었다.

다행이다.

처음 개미굴에 왔을 때처럼 구르듯 내려가 샘으로 뚝 떨어졌다. 바로 위에서 찰박거리는 한오의 발소리가 들리더니 차가운 냉기를 머금은 손이 불쑥 나타났다. 급하게 통로가 꺾이는 곳에 몸을 구겨 넣어 숨었다. 곧 한오가 물을 잔뜩 머금은 철푸덕 소리와 함께 떨어졌다.

"그래, 다 죽어버렸어야 했어……. 내가 물러터져서 그런 거지……. 내가 어떻게 도망왔는데. 그게 어떤 돈인데……."

등 뒤에서 중얼거리는 한오의 목소리가 들렸다. 얼어붙

은 몸이 마음대로 따라주지 않는지 천천히 걸었다. 미친 듯한 중얼거림은 발소리와 섞여 개미굴을 메웠다.

이젠 생각할 틈이 없었다.

예전에, 너무 먼 과거인 것같이 느껴지는 예전에, 화연이 이준규에게 그랬던 것처럼 한오의 머리를 내려칠 수 있을 만한 것을 찾았지만, 샘 주위는 너무 깨끗했다. 이미 쓰레기 따위는 보이지도 않게 말끔히 정돈되어 있었다.

단 하나 있기는 했다. 유일한 무기.

물이 새는 구멍에 한오가 박아놓았던 파이프를 잡아당겼다. 젖먹던 힘까지 들여 당기자 생각보다 쉽게 빠졌다. 물이 흘러나오는 구멍을 넓힌다고 축축한 흙을 꽤나 깊이 파헤쳐놓은 덕분인 것 같았다. 비전문가들이 억지로 박은 것이기도 하고.

파이프가 빠진 구멍에서 금이 두껍게 갈라지며 축축한 흙뭉텅이가 우르르 무너지더니, 소화전이 터진 것처럼 물이 쏟아졌다.

술 취한 듯 비틀대며 걷던 한오가 물이 쏟아지는 소리에 뒤를 돌았다. 그 순간 나는 한오의 머리를 파이프로 있는 힘껏 내려쳤다. 깡 소리와 함께 한오가 바닥에 쓰러졌다.

꿈틀대는 한오를 보며 거친 숨을 내쉬었다. 죄책감이나 미움을 느낄 새도 없이 흙탕물이 일렁거리며 순식간에 개미굴을 덮쳤다.

절뚝거리며 어르신의 방에 도착했을 때, 어르신은 평소처럼 방 한구석에 비스듬히 누워 있었고, 아이들은 방 가장자리 통로에 걸터앉아 소리가 나는 샘 쪽을 빼꼼히 내다보고 있었다.

"네 방 옆에 올라가는 데,"

어르신이 꿈쩍도 않고 천장을 보며 느긋하게 말했다.

"알지?"

내가 고개를 끄덕였다.

"아가. 헷갈리면, 길을 보지 말고 발 아래 오르막길이 느껴지는 곳을 골라 무조건 올라가기만 하면 된다."

어르신이 다정한 목소리로 선아와 승우에게 일러줬다.

"할아버지는요?"

승우가 물었다.

어르신이 자글자글한 주름을 움직이며 웃더니 가보라는 듯 손짓했다. 어르신은 주섬주섬 일어나 허리를 쭉 폈다. 으드득 소리가 나서 아이들이 들리지 않을 만큼 작은 소리로 욕지거리를 했다. 어르신은 옆에 있던 이불 더미를 들추고 그 밑에서 색이 바랜 진녹색의 군복과 흐릿하게 은색으로 반짝이는 무언가를 꺼냈다. 어르신은 은색으로 빛나는 그것을 목에 걸었다.

녹슬고 더러워진 인식표였다.

"젊었을 적에 곱게 자라 겁이 많았어, 내가. 죽기 싫어 도망치다 이제까지 벌받는 기분으로 살았는데, 지금 도망갈 수는 없지. 이 순간만 기다려왔는데."

어르신은 잘 보이지 않는 인식표의 군번과 이름을 만지작거리며 서로의 손을 꼭 잡고 있는 선아와 승우를 새까만 눈으로 내려다봤다.

"어여 가봐."

어르신이 날 재촉했다.

"하지만……."

"시간 없는데 애들 데리고 이 늙은이까지 업고 갈 거

야?"

하회탈처럼 빙그레 웃는 어르신에게 소리 지르며 반박하고 싶었지만, 콸콸 쏟아지는 흙탕물을 보고 있자니 그럴 수가 없었다.

균열은 아무도 예상하지 못할 때 일어난다.

아무도 금이 쩍 하고 갈라지는 순간을 지켜보고 있지는 않는다. 어느새 생긴 그 균열을 방치하다가 한참 나중에 금이 길게 자리 잡은 것을 알아챈다. 아니면 겉으로 깨끗해 보이지만 안으로 오랜 시간 동안 가해진 압력이 쌓이고 쌓여 마침내 방심하는 사이에 터지던지. 갈라질 대로 갈라진 금은 서로 이어져 길고 거대한 어긋남이 되기 마련이다. 소리가 나면 그제야 놀라 고개를 돌려, 균열 속에 있던 모든 것들이 쏟아져 나오는 것을 바라만 봐야 한다.

어쩌면 균열은 한참 전부터 시작되었는지도 모른다.

균열은 결국 벽을 터트렸다.

터져나온 물이 개미굴로 밀려들었다. 새까맣고 투명하던 지하수는 하얀 거품을 물고 굉음과 함께 사방으로 쏟아져 들어와 순식간에 개미굴을 메웠다.

거대한 지하 미로가 물에 잠겼다.

하늘도 없는 지하에 천둥이 치는 것 같았다.

그렇다고 지하가 없어지지는 않는다. 지하는 거대하니까. 아마 한오와 표 교수가 왔다고 하는 강북 저 멀리까지는 이곳의 물이 닿지도 않을 것이었다. 곧 물이 동나면 침수된 공간의 흙은 물을 서서히 흡수하고, 땅의 일부가 되어 다시 텅 비게 될 것이다.

하지만 시간이 지나 물이 흡수되고 소용돌이는 가라앉는다고 해도, 말 그대로 시간이 지나야 그렇게 되는 것이었다. 지금 당장은 이 순간을 발버둥쳐 살아남아야 나중의 시간을 맞을 수도 있었다.

터널로 올라가는 통로 중 가장 가까운 것은 내 방 위의 아치문이었다. 아이들의 손을 꼭 잡고 한참 동안 돌아가지 않은 내 방으로 달려갔다. 열심히 뛰어봤자 다리를 저는 나나 아이들의 아장거리는 보폭이나 더디기는 마찬가지였지만, 그래도 기를 쓰고 달렸다. 물이 아이들과 나를 휩쓸어 넘어트려서 방 안으로 밀려들어 가게 했다.

많이 뜯어지긴 했지만, 아직 남아 있는 폭신한 부분이 물살에 밀린 충격을 어느 정도 흡수해줬다. 그렇게 오랫동안 방을 비우지 않았는데, 마치 지상이라도 다녀온 것처럼 한참 전에 살았던 곳 같았다. 어딘가 멀리 내키지 않은 여행을 갔다가 지치고 피곤한 몸으로 집에 돌아왔을 때처럼.

하지만 이 반가운 집에도 곧 물이 차올랐다. 벽에 붙였던 이불들이 물에 젖어 떨어졌다. 아이들은 흙탕물을 먹어 콜록댔고, 나도 간신히 두 발로 섰다.

물에 휩쓸려 반쯤 부서진 사다리가 아치문 밑에 대롱대롱 매달려 있었다. 한오와 표 교수가 한 모든 것들은, 꼭 중요한 순간에 어리숙함이 드러났다. 사다리의 남은 부분은 아이들이 닿기에는 조금 높이 있었다.

품에 승우를 안고 선아를 업으려고 했다. 승우는 아플 정도로 내 어깨를 부여잡았지만 선아는 고개를 저었다.

"아직 제 키보다는 낮아요."

"물살 세니까 업혀, 그냥."

내가 얼른, 하며 재촉했다. 선아는 멈칫거리다 빠르게 차오르는 물을 보더니 조심스레 등에 기어올랐다. 앞뒤로 아이들을 대롱대롱 매단 채, 어디서 그런 힘이 났는지 벽을 짚고 일어나 절뚝거리는 발을 방 밖으로 빼냈다. 빠른 물살이 구멍 뚫린 운동화 사이를 뚫고 발가락 사이에서 회오리를 만들었다. 더 미끄러질 것 같아서 신발을 벗고 물속에 맨발을 디뎠다.

하얀 거품이 다리를 철썩 때리며 지나가자 불편한 왼쪽 다리가 휘청였다. 선아가 입술을 잘근거렸다.

"언니, 나 내려야 할 거 같아요."

"아냐, 내리면 더 답 없어. 몇 발자국 안 되니까, 꼭 잡고 있어야 해."

멀쩡한 다리를 최대한 번쩍 들어서 물속에 내리치듯 꽂았다. 다리로 올라오는 찌르르한 고통과 함께 물로 말랑말랑해진 흙바닥에 발이 조금은 박혀 들어가는 게 느껴졌다. 이제 왼쪽 다리. 벽을 단단히 부여잡고 불편한 다리도 마찬가지로 땅에 박아 넣었다. 오히려 아이들의 무게 덕분에 더 안정적으로 물에 휩쓸리지 않고 서 있을 수 있었다.

서둘러 몸을 살짝 틀어 등을 사다리 쪽으로 기댔다. 선아는 다행히 재빠르게 팔을 뻗어 사다리의 맨 아랫부분을 잡았다. 잠시 끙끙대더니, 등을 감싸고 있던 다리를 떼고 흙벽에 튀어나온 부분을 디뎠다. 팔로 승우를 감싸 안고 돌아보니 선아가 암벽 타듯 벽에 매달려 있었다. 선아는 꽤 안정적으로 버티고 있었다.

물이 가슴까지 차올랐다. 승우는 얼굴만 겨우 물 위로 내놓고 있었다. 얼른 승우를 들어 올려 사다리 아래쪽을 잡을 수 있도록 팔을 뻗었다. 승우가 사다리를 잡자 수월하게 올라갈 수 있도록 팔로 작은 발을 받쳐주었다. 물의 힘 때문에 내 다리가 휘청이며 왼쪽으로 몸이 훅 기울어졌다. 선아가 먼저 남아 있는 사다리 윗부분을 부여잡고 터널 구역으로 올라섰다.

승우도 내 팔을 지지대 삼아 사다리를 올랐다. 물에 잠긴 두 발이 물컹한 진흙 속으로 더 깊게 파고들었다.

"누나."

승우가 두 팔 두 다리를 전부 안정적으로 사다리에 얹고 뒤돌아 날 불렀다.

"응?"

승우를 찬찬히 뜯어봤다. 꼬물거리는 작은 손가락. 보드

랍고 탱탱하게 볼록 솟아 있는 볼살. 그리고 자기 아버지를 닮은 얇고 긴 입술. 선아를 닮은 동그란 눈.

그리고 그 눈은 불안에 흔들리고 있었다.

"우리랑 같이 가자, 응?"

어른들은 자주 아이들이 아무것도 모르고 느끼지도 못할 거라고 생각한다. 어쩌면 모든 걸 읽어내는 것은 아이들일지도 모른다. 어쩜 저렇게 내가 하려는 일, 안 하려는 일을 잘 알아채는지.

이 아이들을 사랑했다. 위에 가서 어떻게 살지, 돌봐줄 사람도 없는데 잘 자랄 수 있을지, 외롭거나 괴롭지는 않을지 걱정이 되었다. 같이 가고 싶다는 충동도 들었다.

하지만 그런 생각은 정말 찰나였다.

지상으로 되돌아가기에는 난 너무 죽어 있었다. 아이들처럼 치열하게 발버둥 치는 것에는 이미 실패했다. 눈을 감고 고개를 돌린 나는 어느덧 어둠에만 익숙해져 있었다. 은혁이 함께 갔어야 했다. 화연이 갔어야 했다.

아이들을 보면서 절망했다.

이 아이들이, 이 예쁜 아이들이 돌아가야 할 곳이 지상이라는 것에, 절망했다.

흙탕물이 허리를 휘감았다. 왼쪽 발에 힘이 잘 들어가지 않아서 나오지 못할 것 같았다. 감각이 거의 없었지만 발목이 진흙 속에서 완전히 꺾인 것만은 느껴졌다.

하지만 또 있는 힘껏 빼내면 못할 것도 없었다. 정말 살려는 의지를 가지고 있는 힘을 다해서 끌어 올린다면.

승우도 마침내 터널로 올라섰다. 두 아이가 아래를 내려다봤다. 난 개미굴에 서서 어깨까지 황토색 물거품에 잠긴 채 위를 올려다봤다. 천천히 손을 흔들어주었다. 차마 사랑해, 라는 말은 못 해주고, 대신.

"안녕."

에필로그

늦여름 밤바람을 타고 시큼한 음식물 쓰레기 냄새와 눅눅한 하수구 냄새가 코끝을 쓸고 지나갔다. 앞은 탁 트인 지상이었다. 갑자기 폐를 바늘로 찌르는 듯한 신선함이 훅 끼쳤다. 지하에서는 크게 느끼지 못했는데, 환기되지 않는 곳의 정체된 공기만 마시다 보니 모든 것이 새로웠다.

나오는 것은 나오기를 결심하는 것보다 쉬웠다. 내려왔던 길과 반대로 하염없이 위로, 위로 올라가기만 하면 되었다. 길은 모두 이어져 있었다.

아이들은 자극적으로 환한 불빛과 신선한 공기에 눈을 깜빡이며 한참 콜록댔다. 지하가 토해낸 아이들은 모든 쓰레기와 시신과 찌꺼기와 잔해를 밟고 다시 일어서서 어지러운 도시로 걸어갔다.

그리고 다시는 지하로 돌아가지 않았다.

작가의 말

로망 가득한 파리의 거리 한복판, 정말 평범해 보이는 건물을 통해서 카타콤을 방문한 적이 있습니다. 입장료를 내고 여기 어딘가에 지옥문이 있다는 소문을 들었다며 신기해하는 관광객으로 카타콤에 들어섰습니다. 한때 저처럼 멀쩡히 걸어다니고 숨 쉬었던 사람들이 해골이 되어 가득 쌓인 광경을 구경하며 한 바퀴를 돌고 기념품 숍까지 들렀다 나오니, 기괴하기도 했지만 조금 슬펐습니다.

로마 카타콤이 상대적으로 더 많이 알려지면서 '카타콤'은 종교적인 색채가 강한 단어가 되었지만, 파리 같은 경우 지상에 가득 찬 공동묘지가 위생 등의 문제로 감당이 되지 않자 도시 재건의 일부로 구멍을 파고 시신들을 새로 매장하며 알려졌습니다. 핍박받고 버려진 사람들이 모여들거나 지상에서 묻어주지 못하는 사람들이 묻히는 곳으로 사용되어 왔고, 전쟁이 나면 숨을 곳이 되거나 전략적으로 사용되기도, 모험을 좋아하는 사람들이 몰래 들어가 그라피티를 그리거나 아지트로 삼기도 한다고 합니다.

서울로 돌아와 비가 추적거리며 오는 밤, 바쁜 강남 거리 한복판에서 쥐가 쪼르르 하수구 구멍으로 숨어들어 가는데도 아무도 알아채지 못한 채 걸음을 옮기는 사람들을 보고는 '서울의 카타콤은 어떤 형태로 존재할까'라는 생각이 들었습니다. 아마 얽히고설킨 도시에서 떨어져 나온 조각들은 우울함이라는 물에 가라앉아 느린 시간을 살며 휙휙 지나가는 위 세상을 하염없이 바라보지 않을까요. 그리고 그 공간마저도 고층으로 올라가는 것으로 부족해 아래로도 끝없이 넓혀가는 도시의 영역에 침범당하지 않을까 싶었습니다.

우리는 과연 무엇을 딛고 그 위에서 치열히 살아가고 있을까, 라는 생각으로 첫 문장을 시작했습니다. 가라앉은 것들도 우리 역사의 일부분이며, 오히려 그 잊힌 것들을 기억하고 들여다봐야 우리가 어떻게 변해오고 살아왔는지 잘 이해할 수 있을 것 같다는 생각으로 이야기에 나오는 인물들을 만들어갔습니다.

사실 글을 쓰면서 많이 고민하고 방황했습니다. 전하고 싶은 말이 있어서 시작했지만 쓰다 보니 오히려 이런 인물들이 이런 상황이었으면 이렇게 행동했을 것 같다고 이야기가 풀려서 저절로 제게 와준 것 같습니다. 어둡고 깊은 물속에 빠져 영영 나올 수 없다고 생각하는 순간에도, 사랑했던 조각이 결국에는 길을 찾게 해주고 서로를 위로 끌어 올려줄 수 있었으면 좋겠다는 마음으로 이야기를 끝내게 되어 행복했습니다.

마지막으로 소심하게 써 내려간 부족한 글이 책으로 완성되게끔 도와주신 김해지 편집자님과 위즈덤하우스, 그리고 교보문고 IP기획팀에 감사드립니다. 무엇보다 이야기를 읽어주신 독자님들께 감사드리며, 혹 살면서 아래로 가라앉는 느낌이 드는 순간이 올 때 위로 끌어 올려주는 작은 손을 찾고 잡으실 수 있길 바랍니다.

2022년 12월

이봄

서울, 카타콤

초판 1쇄 인쇄 2022년 12월 21일
초판 1쇄 발행 2023년 1월 11일

지은이 이봄
펴낸이 이승현

출판2 본부장 박태근
스토리 독자 팀장 김소연
책임 편집 김해지
공동 편집 강소영 곽선희 이은정 조은혜
디자인 윤정아

펴낸곳 ㈜위즈덤하우스 **출판등록** 2000년 5월 23일 제13-1071호
주소 서울특별시 마포구 양화로 19 합정오피스빌딩 17층
전화 02) 2179-5600 **홈페이지** www.wisdomhouse.co.kr

ISBN 979-11-6812-565-0 03810